취향은 없지만 욕구는 가득

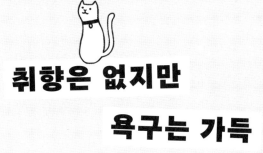

취향은 없지만
욕구는 가득

뚜렷한 취향도   나만의 색깔도 없지만   그래도 괜찮아

이솝 에세이

anything

서랍의날씨

욕구만 가득한 내가 나의 취향

다음은 내가 종종 타인에게 듣는 말들이다.

"솜아, 뭘 그렇게 계속 쓰는 거니?"

(할말이 많아서요)

"저년은 물에 빠지면 조동아리만 동동 뜰 거야."

(그래야 살려 달라고 소리를 지르지요)

"솜 씨, 무슨 일을 또 저지르려고 그래… 어디서 에너지 좀
빼고 와요."

(이미 새벽에 책상 앞에서 한탕 뛰고 오는 길인데요?)

할말이 많은 나는 쉴 새 없이 말을 하고 어디에서 뭘 하든 끊임없이 일을 벌인다. 타고난 에너지가 높다고 이해하기엔 너무 일찍 잠들고(저녁 8시 30분, 잠깐이라도 어디서라도 반드시 낮잠은 자야 한다.), 심지어 사람들이 몰려드는 도시에서는 기가 빨리는 기분이 들어서 반나절 이상 머무르기 힘들다. 오히려 한적한 소도시 구석진 곳에 숨어살기를 좋아한다. 넷 이상의 사람이 모이면 주의력에 혼란이 와서 혼자이거나 둘이 다녀야 곧 잘 안도하는 스타일이랄까? 그러니 나는 에너지가 높은 사람은 아닌 것 같고, 그냥 하고 싶고, 갖고 싶고, 되고 싶은 게 많은 사람, 즉 욕구가 많은 사람이다.

나는 채우는 것보다 비우는 게 늘 어려웠다. 마음을 비우라는 책들은 곧잘 쟁여 모으지만, 반도 채 읽지 못하고 책장에 꽂기 일쑤였다. 그러면서 또 사고 또 산다. 그 책들을 읽다보면 비우는 사람은 깔끔하고 세련된 사람, 비우지 못하는 사람은 정신없고 미련이 많은 사람인 것 같아서 당장이라도 비우기를 몸소 실천하기도 했다.

그런데 넘쳐나는 물건들, 그러니까 한때의 욕구들을 비우겠다고 짐을 줄이면 아이러니하게도 다시 채울 공간이 마구 보이는 이유는 왜일까? 나는 채워야 안도하는 사람, 그야말로 '맥시멀욕구리스트'이기 때문이다.

어느 날부터 사람들의 관심이 삶의 여백에서 취향으로 옮겨갔을 땐 어딜 가든 취향이 화두였다. "넌 어떤 취향이야?"라고 물어보며 서로 취향파를 만들어댈 땐 어디에도 속하지 못해 급 시무룩해지기도 했다. 나만의 취향이란 걸 생각해본 적 없고 "난 그냥 이것도 좋고 저것도 좋아서, 이것과 저것 다 가지고 싶어"가 굳이 말하자면 내 취향인 사람이라, 어떤 모임에 끼든 겉돌기 일쑤였다. 마치 그 세계에선 취향이 없는 나 같은 사람은 무색무취의 인간, 요즘 인간도 아닌 무언가 정의내릴 수 없는 인간으로 사는 것 같아 어딘가 늘 구멍 난 삶을 사는 느낌이었다.

과유불급, 무색무취, 하고 싶고, 갖고 싶고, 되고 싶은 게 많은 나를 상징하는 단어들은 왜 다 이런 식인지. 내가 나를 어서 빨리 정의내리지 않으면 타인에 의해 함부로, 이쪽저쪽으로

'시선처리'될 것만 같아 나는 요즘의 나를 이렇게 정의한다.

저기요. 난 맥시멀욕구리스트예요(심지어 걱정도 많음).

내가 사는 동네의 말로는 '하고재비'.

풀어서 적자면, 오늘 '나의 욕구를 소중하게 여기는 사람'.

그런 내가 완전 내 취향이라고요.

먼 미래를 위한다며 함부로 오늘을 무시하지 않아요.

내 삶의 유저가 되어 부지런히 그때그때마다

살면서 난 구멍과 욕구를 땜빵하며 살지요.

소중하게 여긴다는 건 사치나 낭비를 말하는 게 아니라고요.

그 마음을 존중한다는 거지.

비우거나 채우거나, 어떤 취향을 좋아하거나 말거나, 그런

건 모두 스스로를 위로하는 방식일 뿐, 굳이 남을 따라가야 할

* 하고재비 : 무슨 일이든 안 하고는 배기지 못하는 사람을 일컫는 경상도 말.

7

필요가 있을까. 그럼에도 불구하고,

우리 각자 생긴 대로 삶을 다루면서 살면 안 될까요?(라고
말해놓고), 하고파 갖고파 되고파 세상에 당신을 초대하고
싶어요. 이봐요, 얼른 우리파로 넘어오세요!

이 책은 취향 없이 욕구만 가득한 내가 지극히 사소한 취
향이 되는 세상의 이야기들을 담았다. 앞으로 나아가고 싶을
때마다 걱정, 불안, 한계, 실패 따위의 것들이 막아서지만, 그
럼에도 오늘의 내가, 세상이 제시하는 쓸모와 유용에 쫄지 않
고 나의 하루를 멋지게 살아내는 나와 친구들의 이야기. 대단
한 재능이나 뚜렷한 취향은 없더라도 하루를 잘만 살아내고
만족하는 우리들의 이야기.
　읽다보면 그래, 맞아, 그럴 수 있지, 라며 고개를 끄덕이다
가 문득 하고 싶고, 갖고 싶고, 되고 싶은 것들이 떠오를지도
모른다. 정말로 이것도 좋고 저것도 좋고 두 팔 벌려 끌어안는
이 다정한 세계가 은근히 마음에 들지도 모르는데… 거기 당

8

신, 지갑 속에 아껴둔 돈을 꺼내보는 건… 어떨까요?

시시때때로 나를 막아서는 걱정에 좀먹지 않고, 내가 하고 싶은 걸 하며, 갖고 싶은 걸 갖고, 되고 싶은 세계를 마음껏 상상하며 살아낼 수 있으면 좋겠다. 그런 내가 나의 취향이 되어 세상의 시선처리에도 함부로 기죽지 않게.

2022년 새해
맥시멀욕구리스트
이솜

〈프롤로그〉

욕구만 가득한 내가 나의 취향…4

CHAPTER 01.

**취향은 없지만
'걱정'은 가득**

#누구나 오늘의 걱정이 중요해…17

#띵동! 무의미병이 도착했습니다…24

#내일을 위해 오늘의 한 조각을 빼서 올리는 삶…30

#여기에서 벗어나면 할 수 있는 게 없을 것 같아서…38

#몸에 좋은 생각만 하는 거 어때?…44

#여전히 회피에 최선을 다하는 우리들에게…51

#노력해도 해결되지 않는 문제가 있지…59

CHAPTER 02.

취향은 없지만
'하고 싶은 건' 가득

#하고 싶은 거 다 하고 살아…71

#꼭 진정성이 있어야 하는 건 아니니까…79

#진정한 능력자는 프로티끌러…85

#그 쓸모없음에 진심이라면…92

#감당할 수 있는 만큼의 행복…99

#어쨌든 하는 사람…105

#안 해본 걸 해보고 싶어…111

CHAPTER 03.

취향은 없지만
'욕구'는 가득

#취향은 없지만 욕구는 가득···121

#잘나진 않아도 하고 싶은 건 한가득···127

#내 인생주도 언젠간 급등할 거야···134

#버려야 할 욕심일까? 채워야 할 욕구일까?···141

#보란듯이 쉽게 살아버리기···146

#오늘의 열심과 잘 헤어지는 것···152

CHAPTER 04.

취향은 없지만
'설렘'은 가득

#나를 해치지 않는 나다움 …161

#월요일엔 쪼잔한 기쁨을 나에게 …168

#제법 빵빵한 날들을 응원해 …174

#하나 마나래도 난 너무 좋아 …181

#좋아하는 걸 조금 더 좋아하는 마음 …189

#나에게 조금 더 다정해볼까? …195

〈에필로그〉

결국 당신은 잘될 사람 …204

취향은 없지만
'걱정'은 가득

누구나   오늘의 걱정이   중요해

누구나 오늘의
            걱정이 중요해

나는 그저 상상하기를 좋아하고 뭐든지 깜빡깜빡 잘 잊는 아이였다. 하지만 현실과 발맞추는 법을 배우기 시작하면서부터는 저만치 앞서 상상하는 걸 조금씩 잊어갔다. 교복을 입고 벗고, 구두를 신고 벗으며, 남들이 보기에 엉뚱하고 말이 안되는 상상은 걱정이라는 옷으로 하나씩 갈아입기 시작했다.

일단 처음엔 가볍고 산뜻한 걱정으로 시작했다가, 나만의 상상이 더해지면 당장 내일이라도 걱정하던 그 일이 일어날 것처럼 두려워졌다. 이를 테면 전세금을 돌려받지 못하게 될 거라던가, 왼쪽 가슴에 자리잡은 양성 종양이 1퍼센트의 확률로 암이 될지도 모른다거나. 이런 것들을 제외하더라도 나는 눈앞에 있는 작은 돌멩이 하나만으로도 걱정 하나쯤은 뚝딱 만들어낼 수 있었다. 언제나 걱정을 만들어낼 준비를 하고 있는 사람처럼 살았다.

걱정이 많아서 걱정인 친구 모임에 나가면 위로를 받을 줄 알았는데, 또 남을 볼 때는 지극히 정상으로 돌아와서 그런 친구가 한심스러워 참을 수가 없었다. 짜증이 씰룩거리는 서로의 얼굴을 마주하며 깨달은 유일한 사실은, 우리는 내 걱정을 듣고 별일 아닌 것이라며 토닥여줄 정상인이 필요하지만, 그런 정상인들은 우리의 걱정을 우리보다 더 견딜 수 없어 한다는 점이다.

나처럼 걱정을 앓고 있는 친구에게도, 합리로 똘똘 뭉친 친구에게도, 심지어 가장 가까운 가족에게도 타고난 걱정부자로 내놓은 존재가 된 나는 주머니에 돈이란 게 생기자마자 상담사를 찾아갔다. 내용만 달라졌을 뿐 언제나 비슷한 레퍼토리로 돌고 도는 이 걱정 돌림노래를 감내할 만한 사람은 이제 상담사밖엔 없을 것 같았다. 하지만 진짜 이유는 더 이상은 지루함에 어쩔 줄 몰라 하는 친구들의 표정을 마주할 자신이 없어서였고, 그러다 혼자 남겨졌을 때 온갖 독한 말들로 나를 버무리고 싶지 않아서이기도 했다. 나의 걱정을 한참 듣던 상담사가 고개를 끄덕이며 물었다.

"그러니까 솜 님의 지금 걱정은 끊임없이 걱정을 하는 게 힘들다는 거군요?"

내 걱정을 제대로 풀어놓지도 못했는데 상담사의 한 마디에 눈물이 핑-하고 도는 이 주책바가지……

"그러면 그전 걱정은 뭐였어요?"
"네?"

"이 걱정을 하기 전에 했던 걱정이요."

"네?"

아마 제삼자의 눈이 내게도 있었다면 내 얼굴은 0.1초 만에 감동을 걷어차고 온통 부끄러움을 입었을 게 분명했다. 아무리 떠올리려고 해도 지난 걱정, 그 지난 걱정이 생각나지 않아서 어딘가 내가 제대로 고장난 것만 같았다. 밤낮을 앓았던 기억은 분명 있는데, 그놈의 형태는 어딘가로 모습을 쏙 감춰 버렸다.

만약 상담사가 '솜 님은 그전 고민을 전혀 기억하지 못하고 있네요? 그렇게 힘들어 했는데요'란 말 뒤에… '보세요, 솜 님이 하고 있는 그 걱정이란 건 그렇게 쓸모없는 것들이라고요. 며칠 지나면 잊혀질'이라는 말을 덧붙였다면, 나는 다시는 그곳을 찾지 않았을 거다. 대신 상담사는 나에게 이렇게 말했다.

"지금 솜 님에겐 오늘의 걱정이 아주 중요하군요."

예전의 나는 온종일 걱정을 쏟아내는 나를 향해, '이런 내가 정말 징그러워'라던가 '다시 태어난다면 이 성격 하나만큼은 내다버릴 거야'라는 식의 맹공격을 퍼부었다. 그야말로 안 그래도 너덜너덜해진 마음에 '음 그래? … 그래! 넌, 온통 구제불능. 탕탕탕!' 하고 시뻘건 딱지를 붙인 셈이었다.

내게 그날의 상담은 '오늘 나의 걱정'에 '집중'함으로써 그것을 '중요한 것'으로 인정하게 했다. 생각해보면 걱정 그 자체의 문제라기보다 그 걱정에 끌려 다니느라 즐겨야 할 오늘을 살지 못한 게 문제였다. 그건 마치 언젠가 공원에서 본 적 있는 똥꼬발랄한 시바견과 견주의 산책 같기도 했다. 누가 누구를 산책시키는 건지 알지 못할.

내 삶의 주도권이 걱정이란 녀석한테 넘어가서 이놈이 제멋대로 나를 끌고 다닌 탓에 결국 기진맥진 나가떨어지기 일쑤였던 거다. 옳거니! 이제부터 걱정 주도권을 가져오는 거다. 나는 상담사와 만나는 시간만큼은 걱정의 쓸모에 대한 판단을 집어치우고, 내 삶에서 변화라던가 긍정이라던가 희망이라던가 기대 같은 단어를 포기하기로 작정한 사람처럼, 마음껏 걱정을 하기로 했다. 마치 내일이 없는 것처럼, 지금 당장의 이 걱정이 나를 좀먹다가 나락으로 끌어내릴 것처럼, 내가 상상할 수 있는 모든 걱정들을 끌어다 그의 앞에 엉망진창으로 쏟았다.

그리고 약속한 50분이 끝난 뒤에는 나의 오감으로 느낄 수 있는 현실을 최대한 내 앞에 끌어오려고 애썼다. 그래, 오늘은 유난히 공기가 시원해서 속이 후련하고, 감성이 폭발한 이 와중에도 여전히 눈치 없는 허기는 어서 빨리 칼로리를 채워 달라고 떼를 쓰는구나! 내가 걱정을 하든 말든 내 삶은 여전하다는 생각에 피식 웃음이 새어나왔다.

'어쨌든 지금은 노프라*야.'

한바탕의 걱정 뒤에 쳐다본 현실은 생각보다 더 안전하고 소중해 보였다. 사소한 장난에도 자지러지게 웃어대기 딱 적

* 노프라 : 'no probolem'을 제멋대로 줄여 부르는 말

당했다. 어쩌면 나는 걱정 그 자체보다, 그 뒤에 찾아오는 아무렇지 않음의 얌전한 자태에 홀연히 누워 그저 안도하고 싶었던 건지도 모른다.

언젠가 친구들이 내게 '걱정을 사서 하는 애'라고 명명한 적이 있다. 그런데 사실 걱정을 사서 하는 사람들은 시도 때도 없이 떠오르는 걱정에 쩔쩔매는 사람이 아니라, 삶에 떠오를 수 있는 모든 확률에 조금 더 예민하고 철저한 사람 아닐까. 아마도 그 덕에 평범한 일상이 주는 소중함에 더 기민하게 웃을 수 있었는지도 모른다.

유독 마음이 약해질 때마다 고개를 들이미는 걱정을, 가리고 버려야 할 암흑 존재로 두는 한 그것과 맞서는 나는 그 싸움에서 질 확률이 높았다. 이제부터라도 평생을 함께할 녀석의 존재를 조금 더 대우해줄 필요가 있다는 생각이 든다. 누구에게나 오늘의 걱정은 중요하니까, 그럴 만한 가치가 있으니까.

띵동! 무의미병이
도착했습니다

사회생활을 하면서 이놈의 무의미병이 이렇게나 빨리 도착할 줄 몰랐다. 그러니까 대학 4년, 취업 준비 2년 동안 이 일만 생각하며 달렸는데 무의미병이라니. 갑자기 모든 게 귀찮아지고 지금 내가 발버둥치는 삶이 큰 의미가 없다고 느껴졌다. 좋아서 나를 부추겼던 마음에서 소용을 찾자 다 부질없다는 결론에 이르렀다. 아마도 목표에 도달하는 동안 완벽에 가까운 현실을 기대했던 걸까? 완벽이란 건 애초에 있을 수도 없거니와, 나름 애쓰며 열심히 했는데 몇 번의 어이없는 실수 때문에 그동안의 노력이 흔적조차 보이지 않게 꽁꽁 숨어버릴 땐 아무리 용을 써도 그 실망감을 감출 수 없었다. 그러니 누구보다 빨리, 아주 정확하게, 무의미병이 내 마음에 날아와 꽂힌 건 지극히 자연스러운 수순이었는지도 모른다.

점점 숨구멍이 틀어막힐 것 같은 갑갑증과 함께, 고개를 들면 어깨와 목 관절이 한목소리로 불일치를 외치며 저항했다. 눈알은 뻑뻑했고 침은 자꾸만 메말랐다. 옆 동료와 수다를 떨때는 즐겁다가도, 그 시간이 끝나면 그 말들이 공기 중에 잘게 잘라져 부유하는 것 같았다. 내가 있어야 할 자리에서 해야 할 일들을 하다가 퇴근 시간이 되면 반사적으로 몸을 일으키는 반복되는 생활. 마치 한 마리의 기계적인 좀비가 되어 감정도 점점 무미건조해지는 것 같았다.

그러다가 퇴근 후 고속도로 진입로에 차를 올릴 쯤엔 마치 영혼을 갈아끼운 것처럼 마음이 가벼워졌다. 마치 새 사람이 된 것처럼, 이상하게도 고속도로를 달리다보면 자꾸만 하고 싶은 것들이 차례로 떠올랐다.

정말로 가끔은, 돈을 받는 대가로 일정한 양의 즐거움을 사무실 책상 위에 반납하는 것 같다. 즐겁게 열심히 하면, 또 그만큼의 일들이 잔뜩 책상 위에 쌓였다. 이래도 쌓이고 저래도 쌓이니 가끔은 칭찬과 인정이라도 받겠다는 마음으로 애쓰지만, 결국 이게 다 무슨 소용이냐며 시니컬한 안경을 뒤집어쓰게 된다. 그런 날 밤엔 '하고 싶다'를 '하고 있다'로 등가교환함으로써 얻는 안정감일 뿐이라며, 유독 알코올을 과하게 부었다.

'이봐, 넌 많이 먹고 많이 쓰잖아. 그니까 좀, 참아. 쫌!'

우리 동네 배달음식점은 죄다 내가 먹여 살린다는 착각이 들 만큼 부엌 한구석에 높게 쌓인 배달용기, 십 년 동안 정이 든 노트북 대신 홧김에 산 노트북, 단종이라는 말에 중고 시장을 샅샅이 뒤져 모은 색색깔 커피잔, 이유 없는 권태에 미쳐버릴 것 같았던 어느 날 온갖 기념일과 이유를 갖다 붙이며 질렀던 고가 오븐. 구입한 종류는 죄다 달랐지만 모두 '홧김'에 지른 것들이다. 그 덕에 퇴근 후의 내 삶은 어딘가 모르게 숨이 쉬어졌고, 더 풍요로워졌다.

가끔은 절제에 대한 반성이 양손을 거칠게 묶었지만, 그대로 두면 입에 사표를 물고 상사의 방을 향해 돌진할지도 모를 일이었다. 잔뜩 흥미를 잃어버린 표정으로 모든 게 무의미하다며 사표를 집는 녀석을 급하게나마 막기 위해… 손에 이번 달 결제 영수증을 쥐어주었다.

아… 망각이란 몰상식이여. 과거 어느 날의 나보다 많이 먹고 많이 쓰는 나를 감당해주는 고마운 직장이다. 어쨌거나 직장은 잊을 만하면 크고 작은 구멍을 내던 내 곁에서, 그럴 수 있다며 묵묵히 구멍을 메워주던 동료들이 있던 따뜻한 세계이기도 했다.

사실 잊을 만하면 찾아오는 무의미병은, 이만하면 제법 알 것 같다고 자만했던 날들의 지루한 반란 같은 것 아닐까?

자, 오늘로써 햇수로 8년 차.

유난히 축 처지는 날엔 어제 퇴근 후에 홧김에 지른 팔찌를 짤랑짤랑 흔들어 본다. 천장에 달라붙은 LED 불빛에 유난히 번쩍이는 게 사무실 책상에 앉아 바라보니 경이롭기까지 하다. 이 허연 불빛 아래에서 유독 반짝이는 블링블링만 있다면야 까짓것 무의미쯤이야 뭐.

이 한 알만 먹으면 직장에서의 무기력 따위 유쾌통쾌 해소되는 그런 약이 있으면 좋겠지만, 아무리 찾아도 그런 건 없는 것 같다. '온통 무기력'이란 약을 삼킨 것처럼 눈알이 겁도 없이 슬퍼져서 '모든 게 무의미'란 상태에 잠시 빠져버린다고 한들, 이젠 무작정 나쁘기만 한 건 아니란 것도 알아버렸으니까. 그리고 나를 설레게 할 블링블링을 또 찾으면 되니까.

무기력은 그냥 무기력일 뿐, 진짜 문제는 무기력한 내가 아니라 그런 내게 대단한 문제라도 있는 것처럼 확대해석 하는 나일지도 모르겠다.

언젠가 다른 일을 하더라도, 또 어느 날 갑자기 무기력이 찾아오더라도, 이젠 더 이상 그걸 이유로 주눅들어 물러서지는 않을 것 같다. 오히려 정말로 안녕히 계세요, 라며 공손히 두 손 모아 인사할 것 같다. 잊을 만하면 찾아오는 무의미병이 우리의 눈앞에, 혹은 한 걸음쯤 떨어진 어딘가에 버티고 서서 당장 주저앉아 머리를 숙이라 명한다면, 고개를 빳빳하게 치켜들고 이름표를 제대로 달아줘야지.

안녕, 무기력.

무기력엔 재미가 약이니까, 오늘은 잠깐 삶의 샛길로 새어 봐야겠다.

내일을 위해 오늘의 한 조각을
빼서 올리는 삶

보드게임 중 내가 가장 좋아하는 건 젠가 게임이다. 적당한 희열이 있는데다가, 도미노처럼 아차 하는 순간에 사람을 환장하게 만들지도 않고, 또 세계여행처럼 게임이 끝나는 순간 텅빈 주머니를 비웃지도 않으니 게임치곤 제법 양반이다.

젠가 게임에서 초보와 고수를 가리는 방법은 첫 조각을 어디에서 빼는가에 달려 있다. 젠가는 처음부터 아래쪽에서 빼면 쉽게 무너진다. 위에서부터 한 조각, 두 조각, 세 조각 빼는 것쯤은 쉽다. 그러나 슬쩍 건드린 손가락 끝에 묵직함이 느껴지는 그 순간, 아, 이거 아니구나. 그러면 조금 더 아래로… 넷, 다섯, 여섯 조각쯤 빼고 나니 네모반듯하던 나무 성에 구멍이 나면서 이리 비틀 저리 비틀 볼품없이 뒤틀린다.

자, 이젠 신의 영역. 마치 곧 무너질 거란 대전제를 반쯤 달고 이건가 싶어 툭 가져다 댄 손가락에, 결국 힘들게 쌓은 성은 양옆으로 몇 번 비틀거리다 크게 곡선을 그리며 무너져 내린다.

와르르.

"솜아, 나 올해는 이상한 기분이 들더라. 10년 뒤에 나는 어떤 모습일까?라는 생각을 하니까 덜컥 겁이 나는 거야. 무작정 덜컥 찬바람을 뒤집어쓴 것처럼 겁이 난다는 게 정말로 이상했어."

오랜만에 만난 Z는 정말로 곧 와르르, 아니면 우두둑 하고 무너질 것만 같았다. 우리는 서로의 얼굴을 마주보고 앉아 상대의 힘듦을 짐작했다. 이상하게 이런 이야기는 잔의 바닥이 드러날 때쯤 터져 나와서 그 힘듦이 빈 잔을 다시 채웠다.

"예전에는 몰랐는데 빚이란 게 이제는 좀 버거워. 내 인생에 대출은 학자금대출이 끝일 줄 알았는데 전세자금대출, 게다가 이젠 신용대출까지… 10년 뒤에나 그제야 겨우 제로가 될 것 같아. 빚도 없지만 돈도 없는 상태. 아… 슬프다. 직장 경력이 이십 년 가까이 되는데 주머니가 제로인 거지."

어제의 최선과 오늘의 열심, 가까운 내일의 부지런함을 꺼내어 먼 내일의 희망을 위해 쌓으면서 함께 쌓인 불안함은, 어쩌면 이 아슬아슬한 성이 곧 와르르 무너질지도 모른다는 것 때문 아닐까. 그걸 알지만 계속 쌓는 것 외엔 별다른 방법이 없어 지독할 정도로 속이 상하지만, 그래도 우리는 어쩔 수 없이 계속 쌓는 일을 반복하는 것 아닐까.

"그런데 솎아 있잖아."

"응."

"그것도 더 이상 대출이 늘지 않는다는 전제 하야. 진짜 엿
같네. 웃기다, 그치?"

Z에 말에 분명 방금 전까지 커피를 마셨는데 목이 바짝 말
랐고, 이내 침을 삼키며 고개를 끄덕였다. 아등바등 빚 갚으
며 살다보면 집에 필요한 돈이 생겼고, 하필이면 그 돈이 없
어서 또 직장인 신용대출을 기웃거려야 했던 거였다. 빚이 자
꾸만 늘어나는 건 못 살아서도 대단히 화려하게 살아서도 아
닌, 그냥 오늘 주어진 만큼 부지런히 살았다는 어떤 표창 딱
지 같았다.

Z는 말했다.

"이렇게 열심히 살면 오늘의 주머니가 어제보다 조금 더

넉넉해져야 하는데, 빈주머니를 타고난 것처럼 채워 넣기 바쁘게 빠져나가는 이놈의 주머니는 몇 해가 지나도 달라진 게 없어. 정말 괘씸해."

갚아도 자꾸만 생겨나는 대출 이력 때문에 수많은 오늘이 대출상환 기록처럼 여겨지는 삶. 가끔은 어설프게나마 가입해둔 만기 적금보다 늘어나는 대출 가능 금액이 더 든든한 백처럼 느껴지는 삶.

Z는 정말로 하나도 웃기지 않은 이야기를 조금의 웃음기도 없이 웃기다며 웃었다. 어떻게든 웃고 싶어 하는 것 같기도 했다. 그러고 보니 Z는 자신을 웃게 하려고 사소하고 소소한 지출에는 야박하지 않기로 한 것처럼 삶을 꾸미거나 즐기기도 했다. 그깟 돈 때문에 잘난 자존감이 스스로를 해치는 순간에도, 나약한 자존심으로나마 나를 세우겠다는 조금은 발칙한 반항처럼 보였다.

언젠가 내가 가지고 있는 재능이나 배경, 체력에는 한계가 있는 것 같고, 그러자고 또 가만히 있으면 뒤처질까 봐 내일을 위해 오늘의 한 조각을 빼서 올리는 것 같은 기분이 든 적이 있다. 친구들은 처음부터 굳이 이게 아니더라도 가지고 있는 젠가 조각의 수가 나보다 월등히 많은 것만 같았다. 비교란 건 '하는' 게 아니라 '되는' 것이라서, 그렇게 비교가 된 나는 모든 것을 부정하다가 더 이상 부정할 것이 없는 상태가 되고 말기 일쑤였다.

살아남기 힘들다는 종이책 시장에서 어정쩡하게 끼어 있는 나란 존재. 타고난 재능도, 마케팅에 쏟아 부을 빵빵한 재력도, 잠을 반납하고 글을 써낼 체력도 없지만 나는 매일 쓰고 또 쓴다.

내게는 어려운 것들이 다른 누군가는 너무 쉬운 것 같다는 생각이 들 때면 어딘가 부쩍 억울해졌다. 가진 재능이 없으면 재력이라도 있던가, 매번 나는 어설프게 빼낸 젠가 조각 하나를 손에 들고 할까 말까를 고민하는 삶을 살았다. 저 아슬아슬한 탑 위에 어설프게나마 젠가를 올리는 순간 최소한 게임은 계속되는 거니까.

나 그러니까 있잖아. 우리 10년이면 좀 확 달라질 수 있을까?

Z 글쎄.

나 그러니까 말야. 그런다는 보장도 없는데 뭘 그렇게 아등바등 힘들어 했을까. 어차피 힘들다고 때려치울 것도 아니면서, 결국 또 최선이란 걸 다할 거면서. 그러니까 지금 당장 앞이 안 보인다고 괴로워하지 말자.

Z 그래, 어떻게든 되겠지.

나 이왕이면 잘될 거야. 10년 뒤는 모르는 거야. 아무도 몰라. Z, 네가 언제 그랬냐는 듯 물 쓰듯이 돈을 펑펑 쓰고, 내가 언제 그랬냐는 듯 스테디셀러 작가가 되어 있을지. 뭐, 그게 아니라도 우리는 여전히 열심히 살고 있겠지만 그것만으로도 나쁘지는 않잖아. 기회는 언제든 있는 거니까.

우리는 부지런한 젠가형 인간들이라서 쌓으면 어느 순간 와르르 무너지는 이 젠가 게임을 계속할 게 분명하다. 그런데 대개 다시 나무 조각을 쌓고 있는 쪽은 늘 이긴 사람 쪽이었다.

> 나   Z, 집어든 젠가 조각을 다시 위로 쌓을 수도 있지만 옆
> 으로 쌓을 수도 있으니까. 먼저 집은 사람이 그걸 결
> 정하는 거야. 가진 젠가 조각의 수가 적으면 위로 쌓
> 는 젠가 게임에선 불리했지만, 옆으로 쌓는 도미노 게
> 임에선 조금 더 유리할지도 모르잖아.

그러니까 누가 시키지 않아도 다시 이 조각들을 집은 우리
는 길게 보면 패자보단 승자에 가까운 사람들 아닐까. 지금 당
장 이번 판의 패자 같다고 함부로 기죽지도, 격하게 쫄지도 않
았으면 좋겠다. 오늘의 초라함이 언젠가의 낡음이 되었다고
한들, 수치가 되지는 않게 허영을 부릴 수만 있다면 그것만큼
또 잘난 어느 날도 없을 테니까.

결국 게임에선 초라해지지 않는 사람이 승자. 지금 당장은
초라해 보여도 우린 제법 빛나니까.

여기에서 벗어나면
   할 수 있는 게 없을 것 같아서

다이어트 한다고 삶은 계란과 아메리카노만 주구장창 먹어대던 시절, 허리는 제법 잘록해졌지만 아무리 양치를 해도 노린내가 나서 사람만 만나면 입을 굳게 닫곤 했다. 잠깐 거울을 마주할 때면 앞으로 삶은 계란 백만 개는 더 먹을 수 있을 것 같았는데, 거울이 사라지면 이렇게까지 해야 하나 싶어서 급격히 우울해지는 시간들.

세상에 예쁘고 날씬한 애들은 넘쳐나고, 또 겉으로는 뭐든 잘 먹는 쿨한 애이고 싶어서 약속이 없는 때가 되면 삶은 계란을 가득 삶아 꾸역꾸역 입에 처넣었다. 컥컥거리면서도 내가 정해놓은 몸무게의 마지노선을 지키기 위해 삶은 계란 몇 개로 하루를 버티기도 했다. 나는 그 경계 안에서만 예쁠 거라고 생각했기 때문이었다.

내 삶에선 그런 경계들이 많았다. B+학점, 월급, 무리에서 적어도 한 명 이상의 내 편 등등. 생활 전반에 내가 정한 최소한의 경계를 그었다. 나를 지켜준다고 믿었지만 때로는 내가 지켜내야 한다고 믿었던 삶의 기준 같은 거였다.

그런 삶의 기준을 만들어낸 건 가깝고 먼 미래에 대한 불확실한 걱정이었다. 새로운 도전 앞에 주저하게 만드는 것도, '굳이'라며 언미소를 띄던 경계의 냉소였다. 굳이라는 말을 듣고 선을 넘으려는 발을 거둔 덕에 때마침 피해를 피하면, 조금씩 그 경계의 턱은 더 높아졌다. 불안이 경계를 만들고, 몇 번의 주저와 그만큼의 안도가 쌓이자 마음의 벽까지 더 단단하게 만들었다. 다시는 넘보고 싶지 않게끔 더 두껍고 더 확실하게.

"걱정 말아요, 할머니.
아직 건강해 보이고 옷도 잘 어울리니까."

영화 〈하울의 움직이는 성〉을 몇 번 돌려보다가 문득 이런 생각이 들었다. 소피가 몇 걸음만 걸어도 잠시 쉬어야 할 만큼 폭삭 늙어버린 자신의 모습을 그토록 자연스럽게 받아들일 수 있었던 건, 혹시 그 저주가 소피의 내면에 품고 있는 어떤 모습과 닮아 있기 때문은 아니었을까. 볼품없어 보이는 자신의 모습이 그리 낯설지만은 않았던 거다. 예를 들면 하울로부터 '소피! 넌 정말 예뻐!'란 말을 들었을 때, 소피는 급격히 우울한 표정으로 이렇게 답한다.

"나는 그냥 쓸모없고 예쁘지 않은 그저 그런 할머니일 뿐인 걸."

소피는 이렇게 자신에 대해 명명하며 살아온 것 같았다. 아버지가 돌아가신 뒤 장녀라는 이유로 모자 가게를 떠안았고, 그 삶은 그다지 즐겁지도 지루하지도 않았지만 소피에게 안정감을 줬다. 장녀라는 경계 안에서 자유롭지는 않았지만 안전했고, 그 대가로 즐거움을 잃었다.

그러니 몇 걸음 떼기도 버거운 할머니의 모습은 소피에게 있어 경계의 상징 같은 것은 아니었을까. 소피는 거울 속 늙어버린 자신의 모습을 마주보고 분노하기보다 연민했다. 스스로를 향해 자꾸 걱정하지 말라며 달랠 수 있었던 것도, 오히려 저주에 걸리기 전 젊은 모습일 때보다 편안한 표정으로 모자 가게를 벗어날 수 있었던 것도 즐거움을 잃고 사는 자신에 대한 연민 때문이 아니었을까 짐작해본다.

그동안 나 또한 '~해야만 한다'며 내 삶 전반에 부지런히 경계를 치며 살았다. 하나의 경계가 무너지면 또다시 다음 경계를 치기 바빴다. 그런데 의외로 플러스마이너스 1킬로그램을 오가던 몸무게의 앞자리 숫자가 바뀔 때도, B+란 학점의 마지노선이 무너졌을 때도, 그리고 어느 무리에서 완전히 벗어났을 때도, 심지어 고생해서 썼던 책이 시장에서 외면을 받았을 때도 걱정했던 것만큼의 불쾌감은 오래가지 않았다.

내가 아는 가장 안정적인 공무원의 삶을 사는 친구가 어느 날 말했다. 정시출근, 정시퇴근, 정년보장이란 글자를 내려놓고 나니까 제법 할 게 많더라고. 그녀는 지금 젖먹이 엄마들에게 있어 가장 친절한 유방관리사로 탈바꿈할 준비를 하고 있다. 입을 쩍 벌리고 앉아 대단하다며 물개박수를 치는 내게 그녀는 한 마디를 더 했다.

여기에서 벗어나면 할 수 있는 게 없을 거란 걱정은 경계 안에서 머무르고 싶기 때문이지, 정말로 할 게 없어서가 아니더라.

그녀를 보며 '내 삶은 ~해야 한다는 경계를 무너뜨리면 하고 싶은 것도, 할 수 있는 것도 생각보다 더 많을 수 있겠다'는 생각이 들었다. 어떤 선택을 하든, 친구도 소피도 그걸 말하고 싶었던 건 아니었을까. 또다시 내 안에 들어앉아 끊임없이, 이

건 이래서 안 되고 저건 저래서 안 된다며 경계를 치는 녀석을 만날 때면, 그 녀석을 향해 나직하게 말해야겠다.

"걱정 말아. 이래 보여도 더 괜찮으니까."

당신 안에는 어떤 경계가 있을까? 그 경계 안에 머무르는 것도, 밖으로 나가보는 것도 모두 우리 마음의 몫이다. 그 마음에 따라 우리는 선택을 한다. 다만 그 선택이 너무 대단한 일이 되지는 않았으면 좋겠다. 어떤 일에 너무 힘을 주었을 때 곧잘 무게가 실려 기우니까. 그리고 그 무게 때문에 어느 날 원하는 삶에서 한참 밀려났었다는 사실을 자각하는 일은 영원히 없었으면 하니까.

몸에 좋은 생각만
하는 거 어때?

(feat. 부지런히 벌어 삶을 채우는 중)

'기분 좋은 상상을 하면 어떨까 모두가 날 좋아한다고
몸에 좋은 생각을 하면 어떨까 보기보다 난 괜찮다고'

최근에 아주 푹 빠져 있는 '우쿨렐레 피크닉'의 노래 〈몸에
좋은 생각〉을 듣고 있으면 나한테만 불공평한 것 같은 세상이

조금은 더 호의적인 것처럼 느껴진다. 정말로 '연락두절 된 썸 남의 이유는 가족과 보내라는 배려'이며 '여태 내가 백수인 비밀은 대기만성형'인 것처럼 지금 내게 머무르고 있는 걱정과 짜증도 시간이 지나면 특별한 이유가 있을지도 모른다고.

그렇지, 합리화란 이렇게 하는 거야!

아마도 합리화라는 건 인간이 스스로를 위해 만들어낸 가장 고차적인 사고가 아닐까. 이게 없었다면 한강물 수위는 더 높아졌을 테고, 한강 근처 경비 인력을 감당하느라 경찰 공무원 학원의 문턱은 더 닳았을 거다.

2021년 4월 20일, 코인 시장에서 아로와나 코인이 발행됐다. 전날 잃어도 아프지 않을 정도의 소액, 그러니까 10만 원만 사볼까 고민하는 남편에게 나는 아이 밥을 먹이다가 눈알을 치켜뜨며 이렇게 쏘아댔다.

"미쳤나, 뭐 한다꼬!"

그리고 다음 날, 나는 어제와 다를 바 없이 출근을 하고 일을 했으며, 머그컵에 믹스커피 두 봉지를 털어 나른한 오후를 버티고 있었다.

-여보, 대박! 내가 어제 말한 그 코인!

믹스커피 두 봉지에도 당이 부족해서 달달 떨리는 손으로 서랍을 뒤지던 찰나 남편으로부터 카톡이 왔다.

-응.
-50원 짜리가 53800원이 됐다네. 진짜 대박.

손이 발발 떨리고 심장이 미친듯이 뛰기 시작했다. 이러다가 죽겠다 싶을 정도로. 바로 남편에게 전화를 걸었다.

"그래서 샀어? 이제 말한 그거? 설마 달랑 10만 원치? 혹시 안 샀어? 설마."

"응."

"뭐가 응이야? 샀다는 거야 안 샀다는 거야?"

"안 샀지. 사지 말라매."

우리 사이가 이토록 두터웠던가. 10만 원치 샀으면 65억, 100만 원치 샀으면 650억, 아니 만 원어치만 샀어도 6억 5천. 눈앞에 억을 두고 날린 기분이 들었다.

퇴근 후, 엊그제도 어제도 그랬던 것처럼 오늘도 양치를 하지 않겠다고 바닥에 드러눕는 다섯 살 아들의 울부짖음에 꽥하고 소리를 지르며 미친 사람처럼 주저앉아 엉엉 울었다. 그날 밤 나는 내내 앓았다. 밤새 얼마나 끙끙 앓았는지 모른다. 사실 생각해보면 돈을 잃은 것도 아니니 억울할 일이 아닌데도, 그런 이성은 통하지 않았다. 마치 세상에 맡겨놓은 행운을 누군가에게 뺏긴 것 같은 기분마저 들었다. 어느 놈이야, 내 걸 가져간 놈이…!!!

날은 밝았고 꼴딱 밤을 샜다. 새벽 5시, 어제와 다를 바 없이 오늘도 채워야 할 백지를 마주보니, 뭐든 할 수 있을 것 같던 어제와는 달리 이제 무엇도 할 수 없을 것 같았다. 차라리 어제를 몰랐던 때로 돌아가고 싶었다. 한참을 멍하니 앉아 있는데 세상이 밝아지기 시작했고, 쓰레기 수거차는 오늘도 가득 쌓인 쓰레기를 차에 실었다. 저기, 재활용 안 되는 쓰레기 여기도 하나 더 있는데… 라며 껄껄껄 웃는 사이 쓰레기 수거차는 사라졌다.

이대로는 안 되겠다며 합리화를 시작했다. 그때 나는 어차피 일을 하고 있었으니 다시 돌아간다고 해도 못 샀을 테고, 시간에 비교적 여유로운 그가 샀다고 해도 쫄보인 우리는 겨우 두 배 혹은 세 배 먹으면 손 떨며 회수했을 거라고. 그러면… 아이고 끽해야 20만 원 수익! 65억이 20만 원이 되자 '이렇게 앓을 건 아닌 일'이 되었다. 역시 계산기를 제대로 두드려야 한다.

65억은커녕 10만 원도 벌지 못했지만 원고 한 꼭지는 건졌다며, 이 원고가 어느 날 백 권을 팔게 해줘서 13만 원을 벌게

해줄지도 모른다며 부지런히 계산기를 두드렸다. 결국 나는 아로와나 코인은 한 주도 못 샀지만 그 50원짜리를 2600개나 거저 얻은 것과 같다고. 그렇게 생각하니까 조금 아주 조금 마음이 나아졌다.

여기까지가 그날 아침 쓴 글이다.

어렵사리 마음을 추슬렀는데도 며칠 동안 '코인'의 '코'자만 들어도 밤새 술을 들이켠 것처럼 속이 쓰렸다. 코인 노래방 가자며 중딩들이 낄낄대는 대화에 달려가서 코인이 우습냐며 후딱 학원이나 가라며 독촉하고 싶어졌고, 끊임없이 짤랑 소리를 내며 동전이 들어오는 코코래빗 뽑기 게임기 돈통이 처음으로 부러워졌다.

한참이 지난 어느 날, 일 년 가까이 부지런히 내린 주제에 염치도 없이 옆으로만 기어서 나날이 목구멍을 마르게 했던 주식 하나가 상한가를 쳐서 기쁨의 돈통이 잠깐 채워졌다.

짤랑짤랑! 그래, 이렇게 짤랑짤랑 채워서 언젠가는 억소리 나게 흔들어 재낄 수도 있겠다. '그깟 코인이 대수냐!'라고 쓰고, 오늘도 부지런히 벌어 삶을 채우는 중이다.

세상에 걱정은 널리고 널렸는데, 그럼에도 우리는 잘 먹고 잘살 수 있는가에 대한 합리화, 그리고 자화자찬을 마구잡이식으로 콜라보하며 살아간다. 그건 위대한 삶이 온갖 열심으로 무장한 우리를 엿 먹이려고 할 때마다, 그 세상의 단맛과 짠맛까지 쭉쭉 뽑아 먹겠다는 당찬 포부 같은 것이 아닐까.

결국 못 해내는 건 있을지 몰라도, 즐기지 못할 건 없으니까. 단 내 몸과 마음을 해치지 않으면서, 되도록 몸에 좋은 생각을 하면서 즐겨야겠다.

여전히 회피에
　　　　　최선을 다하는 우리들에게

"30킬로미터로 서행하세요."

위와 같은 친절한 안내 문구를 들으면 타인과의 삶에선 급하게라도 브레이크를 밟으며 속도를 줄이는데, 나와의 삶에선 가뿐히 무시한다. 오히려 엑셀을 밟으며 돌진하는 겁 없는 인생들이 있다. 바로 나 같은 인생들!

내비게이션에서 '어린이' 소리만 들려도 자동적으로 오른발이 브레이크로 옮겨가고, 핸들을 쥔 손엔 힘을 주고 눈을 뭣같이 치켜뜬다. 어디서 튀어나올지 모르는 아이들에 대비하는 나름의 본능적 행동. 그런데 이렇게 바들바들 떠는 극초보 운전자인 나는 이상하게도 내 삶에선 서행이 없다.

쌍피나 광 아니면 쳐다보지도 않다가 꼭 싸고 마는 이 화끈한 성격은 게임이 아니라 삶에서도 마찬가지였다. 휴식이나 속도 조절 같은 단어는 유물이 되어 쓰레기통에 버려진 지 오래. '무조건 달리는 거야, 몰아붙이자고, 세게 세게!'를 외치며 몸을 달군다. 일이 잘 풀리지 않아도 밟고, 일이 잘 풀리면 더 신나서 콧김까지 내뿜으며 부릉부릉, 아니 부와아앙 거리면서. 람보르기니 저리 가라 외칠 법한 이 오바력에 가끔은 격하게 질리는데 나도 어쩔 도리가 없다. 한 번도 속도를 줄여본 적 없는 몸이라서. 그런 내게 어떤 동료가 인자한 미소를 지으며 이렇게 말했다.

"흠, 사고란 건 잘하려고 딱 1퍼센트 더 욕심 내다가 나는 거야."

그 말을 듣고 혼자서 얼굴이 벌게졌다. 새로운 부서에서 새로운 사람들과 함께한 지 얼마 되지 않은지라, 아직 내 오바력의 10퍼센트도 보여주지 않았는데 그는 이미 저 멀리 사고 난 폐차 직전의 내 모습을 본 모양이었다. 오바력만큼이나 사고력도 만렙이어서 그의 말에 찔리지 않을 수가 없었다.

과거에 오바력이 발동할 때마다 드릉드릉 콧김을 내뿜으며 직진 노브레이크를 외치며 돌진하던 나는 얼마 안 가 사고로 폐차하거나 타이어에 펑크가 나서 퍼지거나 둘 중 하나였다. 무조건 앞만 보고 돌진하는 어린아이들의 성향을 그대로 가지고 어른이가 된 것이다.

'오케이 가즈아, 파이어!'를 외치며 엑셀을 밟던 마음에 빨간 경광등이 번쩍이는 걸 무시하지 말았어야 했는데……. 사고는 언제나 후유증을 남기고 후유증이 겹칠수록 서서히 만신창이가 됐다.

뭔가 하고 싶은 일이 생기고 설레서 달려들다보면 꼭 그럴 때가 있다. 지금은 왠지 아닌 것 같고, 잠시 멈춰야 할 것 같고, 이대로 달리면 안 될 것 같은 때. 그리고 언제나 슬픈 예감은 틀린 적이 없었다. 함께하는 이들의 마음을 전혀 돌보지 못하거나 처음의 의도와는 달리 엉뚱한 방향으로 추진되고 있거나, 하고 있는 행위에 심취해버려 알맹이는 빠져버리거나, 나열하면 끝이 없지만 대부분 그런 식이었다.

중요한 것 하나를 빠트리는 것. 30킬로미터로 서행하라는 안내 문구를 못 본 체하고, 심지어 쿵쾅대며 번쩍이던 빨간 경광등을 무시했을 땐 대부분 사고가 터졌다. 누군가와 멀어지거나 일이 잘못되거나.

결국 혼자 남아 맥주를 한 캔 따서 홀짝일 때면, 이게 이렇게까지 오버할 일이었냐며 자책하고야 만다. 나는 왜 내 삶에서만큼은 속도를 낮추지 못할까? 잠시 멈춰 기다리는 게 그렇게 몸을 베베 꼴 일인가? 머리는 아니라고 하는데 몸은 이대로 멈추면 다시는 시작하지 못할 것처럼 난리법석을 떨었다.

그러던 어느 날 《기억 안아주기》란 책을 읽다가 한 문장에

밑줄을 긋고 격하게 고개를 끄덕인 나머지 온 마음을 다해 울어버렸다.

축구 경기에서 골키퍼가 공을 막을 수 있는 공간은 양옆과 가운데인 세 곳인데, 골키퍼는 왼쪽 혹은 오른쪽 중 어딘가로 우선 몸을 날리고 보는 확률에 맡긴다는 것. 그 모습에 대해 철학자 잭 보언은 이렇게 말했다고 한다.

"아무것도 하지 않고 있다가 불운을 느낄 때 느끼는 부정적 감정은 실제로 무언가 행동을 하고 나서 불운을 겪을 때 느끼는 부정적 감정보다 더 크다."

나는 아무것도 하지 않고 가만히 있는 걸 유독 견디기 어려워했다. 마치 그 상태에서 벗어나기 위해서 뭔가를 시작하려는 것처럼 보이기도 했다. 그 덕에 '프로시작러'란 별명을 얻긴 했지만 언제나 그 앞엔 '사색 거절'이라는 팻말이 덩달아 따라붙었다. 부지런을 떨며, 오케이 가즈아!를 외치는 나를 두고 사람들은 언제나 자신감 넘치는 사람이라 부러워했지만, 사실은 부지런히 뭔가를 함으로써 갑자기 다가올지도 모르는 실패에 반쯤 경계하고 있는 것뿐이었다. 결국 두려워서 아무것도 하지 않는 사람이나 두려워서 뭐든 시작하고 보는 나나, 결국 우리를 움직이지 않게 하거나 움직이게 하는 감정은, 바로 잘 안 될지도 모른다는 두려움이었다.

최연호 박사는 《기억 안아주기》의 후반부에서 이렇게 말했다.

"우리는 믿지 못해서 두려워한다."

두려움과 믿음을 관장하는 뇌 영역이 같다는 것도, 결국 전혀 달라 보이는 두 가지 상태가 사실은 얼마든지 호환이 가능하다는 건지도 모르겠다. 누군가는 아무것도 하지 않고 나만의 아지트에 숨어드는 것으로, 나는 새로운 일을 정신없이 시작함으로써 감정을 잊어버리는 것으로 두려움을 회피하고 있었다.

그래서 무서운 걸 보면 우선 숨고 보는 어린아이들처럼 여전혀 회피에 최선을 다하는 나를 위해, 마음에 철없는 어른이 보호구역 하나를 만들었다. 중요한 메시지를 안고 길을 건너는 내가, 엉덩이를 들썩이며 엑셀을 밟는 철이 안 든 어른이를 보호하기 위해 마련한 구간.

"잠깐! 속도를 낮추고 나를 가만히 들여다 봐.
놓치고 있는 게 있을 걸."

운전이야 엑셀과 브레이크를 밟았다 떼면서, 결국 오른발 하나만으로도 속도 조절이 가능하다지만 살아간다는 게 뭐 그렇게 간단한가. 뭘 먹어도 구역질이 나서 병원을 찾으면 십중팔구는 스트레스로 인한 위염이고, 그건 대개 살아가느라 생긴 울렁증 때문이었다. 살려고 먹는데 사느라 몸이 거부하는 상황, 속도 조절에 실패한 몸이 덜컥 고장나버린 거다. 그리고 꼭 그럴 때면 마음도 파업을 선언하곤 했다.

요즘 갑자기 힘이 빠지고 두렵다는 친구의 말에 한참 고민하다가 이렇게 답했다.

"친구야, 온통 즐겁기만 하면 그건 조증이지!"

다 같이 맞장구를 치며 한바탕 웃은 뒤에 얕은 날숨을 뱉었다.

만약 서행을 한다 해도 잘 풀리는 상황으로의 급반전은 없다는 걸 서른을 넘긴 이젠 안다. 우리가 한바탕 웃고 난 뒤에 무슨 말을 해야 할지 몰라 잠시 먹먹했던 건, 그 사실을 굳이 말하지 않아도 알아버릴 만큼 모두 머리가 컸기 때문일 것이다. 그리고 아직 살아보지 않은 미래를 두려워하는 건 어쩌면 당연한 의심인지도 모른다.

그런데 시간과 공간의 왜곡이란 게 존재해 미래의 내가 지금 내 옆에 존재한다면, 걔는 아마도 지금의 나를 전적으로 믿을 것 같다. 나 아니고서야 내 삶을 이만큼이나 잘 살아낼 사람은 그 어디에도 없으니까.

회피도 두려움에 맞서는 내 나름의 선택이지만, 내가 할 수 있는 선택이 그게 전부가 아니라면 이제는 내 삶에 조금 더 용기를 내고 싶다. 그래도 괜찮을 것 같다.

노력해도 해결되지 않는
문제가 있지

'실패'라는 단어를 떠올리면 고장난 미니버스 한 대가 떠오른다. 약간은 해묵어서 그 빛깔이 조금은 옅어진 노오란 미니버스. 문을 세차게 닫으면 덜컹 하고 떨어져 버리는데다가 달려야 할 버스 주제에 염치도 없이 고속도로 한복판에서 멈춰버리는 그런 망할 미니버스 말이다.

그 고장난 노오란 미니버스가 나에게도 한 대 있다. 되지도 않는 거 이젠 소설 공모전 따위 집어치우겠다고, 직업으로써의 가치도 없고, 오직 자기유희로써만 존재하는 글쓰기에 무겁게 웃어 젖히던 날이 있었다. 글쓰기를 포기하겠노라 마음먹자 매일 반복되는 지겨웠던 출퇴근이 감사한 일이 되고, 그 출퇴근 덕에 글쓰기라는 취미로 나는 잠시 꿈을 꾸었다고 합리화했다. 그러니까 또 '실패'란 노오란 미니버스 앞에서 글쓰기를 꿈의 옷으로 갈아입혀버린 것이다.

취미란 녀석의 옷을 무작정 풀어헤치던 날. 한두 번 떨어져야 당당히 위로라도 받지, 계속 떨어지자 우는 것도 창피해서 언젠가 친구가 추천했던 영화 한 편을 봤다. 정신 놓을 만큼 웃다가, 이 상황에 웃는 내가 너무 웃기다며 울고 싶었던 영화, 〈미스 리틀 선샤인〉.

이 영화에는 성공이 답이라는 책 계약에 자신의 전부를 투자한 가장 리차드, 헤로인 복용 때문에 양로원에서 쫓겨난 할아버지, 동성 연인에게 차이고 전공 분야의 천재상까지 내연남에게 뺏겨 자살을 시도했던 삼촌 프랭크, 니체에 빠져 공군

사관학교에 입학할 때까지 말을 하지 않겠다며 9개월째 묵언 수행 중인 오빠 드웨인, 미스 리틀 선샤인이란 미인 대회에 나갈 꿈을 키우는 통통하고 치명적으로 귀여운 일곱 살 올리브, 그리고 이들 사이에서 중재자 역할로 오늘도 바쁜 엄마 쉐릴이 나온다.

하나같이 독특해서 약간은 이상해 보이는 듯한 조합을 보고 있자니, 그들 사이에선 공모전 수년째 탈락이란 내 실패를 은근슬쩍 가져다 붙여도 묻어갈 수 있을 것만 같아서 이상하게 위로가 됐다. 그들 안에서라면 지극히 괜찮다는 말을 아무 거리낌없이 뱉을 수도 있을 것 같았다.

가족들은 올리브의 미인 대회 출전을 위해 오래된 미니버스에 몸을 실었다. 첫 번째 휴게소에서 배를 채우고 드디어 오늘 가야 할 거리를 이야기하며 출발하려는 순간, 시동이 안 걸린다. 달려야 할 거리는 아직 한참인데 클러치가 완전히 맛이 갔다. 방금까지 잘만 달리던 자동차가 가장 중요한 순간에 맛이 간 거다. 그것도 고속도로 한복판에서, 대책을 강구할 주머니도 텅 빈 때에 말이다.

정말로 살다보면 중요한 때에 말도 안 되는 일들이 갑작스레 터졌다. 공모전 투고 날짜가 얼마 남지 않았는데 지독한 몸살에 걸리기도 했고, 갑자기 처리해야 할 일들이 넘쳐나는데 달리는 체력에 시달려야 했다. 누군가는 준비의 문제라고 탓하기도 하지만, 원래 '하필이면'이란 녀석은 준비의 법칙을 아주 가볍게 무너뜨린다. 정말로 어떻게 해볼 도리가 없는 그런 시기가 누구에게나 찾아온다.

올리브의 노란 미니버스를 살펴보던 정비사는 그들에게 이렇게 말했다.

"사실, 저런 구형 차량은… 언덕에서 주차하고 그대로 굴러가게 하면 시속 30킬로미터는 가요."

리차드가 물었다.

"언덕에 있는 게 아니면요?"

그러자 정비사는 모여든 가족들을 둘러보며 씨익 웃었고, 그의 미소가 너무도 개구져 나도 덩달아 웃음이 터졌다. 당장 대체할 부품도 차량을 구매할 방법도(사실은 돈도) 없으니 정비사 말대로 리차드가 운전석에 타 엑셀을 밟고, "All right, here we go!…Everybody push(좋아, 시작한다! … 모두 밀어!)!" 라고 외치면 온 가족들이 뒤에서 버스를 밀었다. 그러다가 미니버스에 속력이 붙기 시작하면 하나둘 전속력으로 달려와 올라탔다!

프랭크는 마지막으로 올라탄 드웨인을 향해 외쳤다.

"No one gets left behind, no one gets left behind!"
(낙오병은 없다! 낙오병은 없다!)

버스 타는 게 이렇게 힘들 일인가 싶을 정도로, 그들은 버스를 정차할 때마다 똥줄 타게 달려서 아슬아슬하게 미니버스에 올라탔다. 그럼에도 잠깐 정차한 휴게소에서 할아버지 심부름으로 이성 포르노 잡지를 구매하다가 전 연인을 마주한 프랭크도, 자신이 색맹이라 공군사관학교에 입학할 수 없음을 알게 된 드웨인도, 출판 계획이 말아먹었음을 그래서 파산했음을 마주한 리차드와 쉐릴도, 모두가 고속도로 한복판에서 저마다의 실패를 떠안았지만 낙오자는 없었다.

아슬아슬했지만 모두가 미니버스에 올라타는 순간마다 나는 가볍게 심장이 떨렸다. 수년째 반복되는 실패 탓에 잠정적으로 꿈을 포기한 내가 어떤 것에 새롭게 설렌다는 게, 무진장이나 낯설고 두려웠다. 모두가 그저 서로의 실패를 하나씩 미니버스에 싣고, 그 어떤 문제도 해결하지 못한 채 이렇게 고속도로를 달릴 수 있다는 것도.

정말로 가끔은 그런 생각이 든다. 가장 지독한 문제는, 모든 문제는 반드시 해결되어야 한다는 대명제 때문이 아닐까. 그 믿음 때문에 매일같이 나의 무능에 맞서 눈을 치켜뜨는 이 마음은 마치 나른한 봄날 몰려오는 졸음에 맞서는 의지만큼이나 가볍고 연약했다. 유능하려는 순간 무능하기로 작정한 것처럼, 무능과 유능 사이에서 나는 언제나 무능할 확률이 절대적으로 높았다.

살아가다보면 당장 해결되지 않는 문제도 있다는 걸 모르고 살았다. '지금의 능력'으로는 해결할 수 없는 문제, 노오란 미니버스에 무작정 싣고 달릴 수밖에 없는 문제들 말이다. 내가 할 수 있는 최선은 일단 묻어두고 다음을 향해 그냥 달리는 수밖에 없다는 것도.

정말로 실패할 때마다의 최선은 막막하지만 묵묵히 할 수 있는 것들을 하는 것, 신중하게 생각하되 너무 주저하지는 않는 것, 그게 전부였던 것 같다. 관계에 실패해서 사람에 대한 마음의 문을 아예 닫고 싶을 때는 '나는 더 좋은 사람이 될 거야. 그래서 내 곁에는 더 좋은 사람들이 함께할 거야'라고 마음을 다지는 것. 잦은 좌절에 모든 걸 포기하고 싶을 때도, 방향을 점검한 뒤 '시기의 문제이니 조급해하지 말자'고 스스로를 달래는 것. 정말로 그게 전부 아닐까.

반복되는 관계의 실패에는 내 문제도 있다는 걸 어느 순간 알아차리고 노력하자, 비로소 내게 맞는 관계들이 주변에 모여들었고, 반드시 소설 공모전이 답은 아닐 수도 있다는 생각에 에세이로 방향을 틀고 나서는 출판사와 계약이 이루어지기도 했다.

가끔은 원망보다는 끊임없는 자기반성이 이어져 괴로운 시간도 있다. 하지만 10년 전보다는 나와 주변을 돌볼 줄 아는 사람이 되어가고 있고, 이제는 글을 쓰는 일이 내 삶에 있어 규칙적이고 중요한 일과가 되었다.

결국 망한 날들이 안온한 날들 아래에서 저마다의 축제를 벌인다. 지나고 보지 않으면 절대 알지 못할 일들.

무언가 혹은 누군가로 인해 클러치가 덜컥 고장난 미니버스라고 하더라도 30킬로미터로나마 다시 도로를 달리는 일, 그걸 해내면 어찌 됐든 그곳을 벗어나 새로운 풍경을 만난다.

살다보면 감당이 안 되는 크기의 실패들이 앞다투어 밀려올 때가 있는가 하면, 마찬가지로 감당 못할 설렘들이 때를 기다렸다는 듯이 밀려와 무작정 행복해지기도 한다. 지금 힘든 건 그것과 같은 값의 좋음이 기다리고 있다는 것, 그리하여 다가올 불행은 곁을 지켜줄 좋은 사람들과의 좋음으로 인하여 가볍게 스쳐갈 거라 믿는다.

누구에게나 지금 당장의 능력으로는 해결되지 않는 문제가 있다. 마냥 털어버릴 수도 없다면 조금 무겁더라도 품에 안고 가야 할 길을 가보는 것도 방법일지도 모른다.

CHAPTER 02.

취향은 없지만

'하고싶은 건'은 가득

작지만　멋진　욕구 히어로들의 세계

하고 싶은 거
다 하고 살아

꿈을 꾼다는 사실이 마음을 버겁게 만들어서 꿈을 잊고 삶을
짊어진 사람이 있다. 다른 이에겐 '그래도 꿈은 있어야지'라
고 말하면서, 자신에겐 '꿈꾸는 건 사치'라며 끝없이 질책하
는 사람.

"엄마는 어렸을 때 꿈이 뭐였어?"

"뭐?"

"꿈 말이야. 꿈."

"그런 게 어디 있어."

"아니, 꿈 말야. 엄마 어렸을 때 꿈 없었어?"

"응."

"도대체 왜?"

할 줄 아는 건 생계를 감당하기 위한 사칙연산밖에 할 줄
모르는 엄마에게, 인수분해 문제를 들이밀고 '왜 몰라?'라고
물은 것처럼 엄마는 딱 그런 표정을 지었다.

"야는, 갑자기 무슨 꿈 타령이야. 그때는 먹고사는 게 힘들
어서 학교 가는 것도 사치였지."

"아니 그래도 엄마, 어떻게 꿈이 없어? 되고 싶은 게 없었
으면 하고 싶은 거라도 있었을 것 아냐."

"하고 싶었던 거? 있었지."

"뭔데?"

"학교 가는 거."

"뭐?"

"하루는 집을 고쳐야 하는데 사람이 없으니까 아부지가 학교 가지 말고 일을 하라는 거야. 근데 그게 왜 그렇게 하기가 싫냐. 그래서 아부지 몰래 가방 메고 도망치다가 들켜서 개 패듯이 얻어맞고 그랬지. 나는 학교 가겠다고 하고, 아부지는 말리고."

엄마의 이야기를 가만히 듣고 있던 나는 눈을 곱게 치켜뜨며 엄마에게 물었다.

"어어… 엄마! 어렸을 때 공부 잘했어? 지지리도 못했다고 들었는데."

엄마는 등짝 스매싱을 한 대 날리고는 다시 옛 이야기를 시작했다. 어쨌든 해녀가 되는 건 더 싫었던 엄마는 열아홉 살

73

때 무작정 제주도를 탈출했다. 집 나가겠다고 맞으면서도 버티니까, 결국 할아버지는 엄마에게 삼십만 원을 구해줬고 엄마는 그대로 줄행랑쳤다.

그 당시 직업 학원 중에 제일 쌌던 재봉학원을 졸업한 엄마는 진시장에서 '난다긴다 제주도 김양'이 되었다. 엄마 말에 의하면 돈도 제법 벌었고, 예쁘장한 외모와 화끈한 성격 덕에 인기도 많았다고 했다. 인기 많았다면서 왜 하필 백수에 삐삐 말라서 볼이 푹 하고 패인데다가 소심해서 말 한 마디 건넬 줄 모르는 아빠랑 결혼했냐고 묻자, 엄마는 내 눈을 잠시 쳐다보더니 이렇게 말했다.

"야이 기지배야. 내 딴에는 재고 잰 거야."

우리 모녀는 그야말로 누가 크게 웃나 내기라도 한 것처럼 웃어 젖혔다. 최근 들어 그렇게 시원하게 웃은 적이 있나 싶을 정도로.

"니네 아빠가 유일하게 대학 나온 사람이었다니까. 근데 대학 나왔다고 돈 잘 버는 건 아닌 기라. 책상 앞에 가만히 앉아 있는 재주는 있었나본데, 돈 버는 재주는 없었던 거야. 누가 싫은 소리 한 마디만 해도, 팩- 하고 사표 던지고 나오니까 집에 있는 사람은 돌아버리는 거지, 제엔장할. 제주도 나와서 딱 십 년이면… 진짜 먹고사는 걱정은 없이 살 줄 알았지!"

엄마는 학교를 끝까지 마치지는 못했지만, 그것 말고는 어떻게든 해내는 사람이었다. 엄마가 그 당시에 해내지 못한 것이 학교 졸업이었으니, 아빠가 가진 대학 졸업장이 엄마의 꿈을 메워줄지도 모른다고 믿었던 것 같다. 어쩌면 그때부터 엄마의 꿈꾸는 능력은 성장을 멈추지 않았을까? 꿈이 자라지 못한 엄마는 자식들의 꿈이 자꾸만 커지는 걸 좋아하면서도 불안하게 바라보았고, 자식들이 기특하면서도 스스로가 자꾸만 초라해지는 걸 막을 수가 없었다.

그럼에도 엄마는 꿈을 완전히 잊어버린 채 오직 생계를 감당하는 데 최선을 다했다. 내 꿈은 없어도 자식 꿈은 지켜야 한다는 일종의 의무감이 철저하게 생계형 인간으로 살아가게 만들었다.

하지만 슬프게도 꿈 찾는 걸 포기하고 생계에 달려들어도 생계는 언제나 고만고만했다. 주머니가 텅 비면 다시 채우고, 그러면 너도나도 달려들어 가져가고, 다시 부지런히 채우고.

그렇게 인생 삼십 년을 빚을 갚으면서 자식들 삶을 기대하는 것이 최선의 삶이라 버둥거리던 엄마가 삶이 좀 나아지자 제일 먼저 한 일은 방송통신고등학교에 입학원서를 넣는 것이었다. 나는 '갑자기 학교는 왜 다니려고 하냐'고 핀잔을 줬고, 엄마는 잠시 망설이더니 '학교에 다니고 싶다'고 했다. 그런 엄마를 바라보며 졸업장 따위 무슨 소용이냐며 차라리 여행을 하라며 알은체를 했지만, 내 말을 듣고 시무룩한 표정으로 믹스커피를 홀짝이던 엄마는 한참 뒤에야 입술을 뗐다.

"대학교 가야지."

유통기한이 한참 지난 꿈이라고 할지라도 유효기간마저 끝난 건 아닌데, 우리는 살면서 이런저런 이유로 한때의 설렘을 너무 쉽게 폐기처분한다.

꿈이란 무엇이 되는 것 그 자체가 아니라 무엇을 하고 있는 상태일 수도 있는데. 되는 것의 유효기간은 무엇이 됨으로써 끝나지만, 하는 것의 유효기간은 유통기한이 끝났다고 하더라도 계속되는 건데. 그러니 다시 학교에 다니는 엄마의 꿈 역시 대단한 무엇이 되지 못한다고 하더라도, 엄마에겐 여전히 유효한 설렘이었다.

얼마 전 문화센터 요가 수업에 등록했다며 짐을 챙기던 엄마는 질끈 묶어둔 쓰레기들을 잔뜩 들고는 말했다.

"딸년아, 돈은 못 대줘도 말리지는 않을 테니까, 너 하고 싶은 거 다 하고 살아. 별 거 없어, 사는 거."

딱 이 정도의 가벼운 마음, 그 정도의 무게로 살 수 있다면 미련과 후회를 쌓느라 결국엔 헛웃음만 껄껄거리는 일은 좀

줄어들 것 같다.

얼마 전 환갑을 넘긴 엄마의 하루는 이제 갓 서른을 넘긴 내 하루보다 바쁘고 에너지 넘친다. 자신을 위해 살지 못한 그때도, 돈 없어도 하고 싶은 거 다 하고 살겠다는 지금도 모두 엄마 것이다.

환갑을 넘긴 엄마처럼 유통기한 유효기간 따지지 않고, 지금 자신에게 중요한 것들을 하면서 나를 위한 것 하나쯤은 잊지 않고 살아가면 어떨까?

어차피 다 내 거니까.

사느라 꿈꾸는 재미를 깜빡 잊어버린 당신이 오늘 좀 더 재미있었으면 좋겠다. 오늘의 생계 때문에, 오늘의 크기 때문에 계산하고 포기하지 않고.

꼭 진정성이 있어야
하는 건 아니니까

'너는 도대체 왜 그러냐'는 말과 '아니 도대체 뭐가 어때서요' 라는 말 사이의 팽팽한 줄다리기를 몇 년 동안 지켜보다가 끝 나지 않는 그 긴장감에 하품을 몇 번이나 했을까. 이제는 그 줄을 가위로 싹둑 잘라야겠다고 다짐했다. 시동생 이야기라 서 뭐라 선뜻 의견을 내기도 그렇고, 양쪽이 전부 다 진심이라서 그 말의 무게를 비교하기도 그렇고.

어머니 눈엔 해가 지면 핫해지고 사람들로 북적거리는 동네에서 돌고 도는 재야(시동생)의 일자리가 영 불안한 모양이고, 그렇다고 어머니가 추천하는 일자리는 재야에겐 그저 문 없는 감옥과 비슷해 보였다.

재야로 말할 것 같으면 일찌감치 돈맛을 알아버린 자다(옳지!). 적은 용돈 아끼고 아껴서 학교 공부에만 집중했던 형과 누나에 비해 재야는 술집 서빙 아르바이트, 소주 판촉 아르바이트를 해서라도 쓰는 풍족함을 누렸다(멋지지 아니한가). 내가 아는 한 이 집안에 대대로 내려온 가풍은 안정이고 가훈은 규칙임에도, 늦둥이로 태어난 재야는 그 모든 것에 보란듯이 구멍을 내버렸다.

사실 재야 입장에선 그때마다의 최선이었음에도 불구하고, 타인들은 이유와 설명을 요구했다. 물론 별다른 이유 따윈 없지만 그걸 설명할 길이 없으니 그때부턴 세상의 풍문에 어설프게 따라가 보기도 했다. 어찌 되었든 남자는 문과보단 이과가 낫고, 그러다가 기계과를 졸업하면 먹고사는 걱정은 없을 거란 풍문을 따랐다(아무리 생각해도 이때부터가 잘못이었다). 그렇게 으쌰으쌰 짐을 싸서 들어간 대학에는 대략 세 부류가 있다. 적성에도 잘 맞고 열심히 하는 애, 맞는 건 없지만 어찌 되었든 B+ 학점은 꾸역꾸역 받아 오는 애, 밤과 술로 모든 걸 잊으려 노력하는 애.

가족의 기대와는 달리 적성과는 일찌감치 맞지 않다는 걸 깨달은 재야는 어찌 되었든 B+을 위하여 의지를 불태웠다. 그 의지란 걸 불태우려고 좁은 방에 틀어박혀 맥모닝 기상을 하고, 공자왈맹자왈 시절부터 돈 좀 있다는 인간들의 베스트셀러였던 자기계발서를 죽어라 읽었다. 그렇게 의지를 불태우다가 까맣게 타버린 머리로 더 깜깜한 밤이 되면 문을 열고 나가 날이 밝아야 들어왔다. 삶의 변두리에 삼삼오오 모여든 친구들의 얼굴에 멋도 없이 찌든 다크써클 따위가 드리워져 있어도, 술과 안주가 펼쳐진 밤엔 그저 재밌게 웃을 이야깃거리가 되었다.

이제와 보니 의지란 건 나약하기 짝이 없어서 옆에 붙어서 수시로 불이 꺼지지 않게 입김을 불어줘야만 하는 존재였다.

그런 존재를 데리고 뭔가를 해보겠다는 건 애초에 하지 않겠다는 거나 다를 바 없었다. 그 중요한 걸, 재야는 졸업을 1년 앞두고 깨달았다.

"솜아, 재야가 휴학을 한다네."

맛있는 저녁을 해주겠다며 나물을 부지런히 무치던 어머니는 문득 내게 이렇게 말했다. 참고 버티던 재야에게 드디어 한계가 온 거였다.

"네? 휴학이요?"

"응, 휴학. 지 적성에 안 맞는대나. 휴학하면 토익 공부도 좀 하고 그랬으면 좋겠는데, 알바 하려나 보다. 유플러스에서 휴대폰 팔기로 했다더라."

어머니는 모르겠지만 이때 나는 얼마나 기뻤는지 모른다. 순하고 착한 재야가 이번엔 제대로 맞서보기를 바랐다. 자신의 삶에, '대체로'라는 일반적인 삶의 기준에.

어떤 말을 해야 할지 몰라 어색한 미소만 찾아 머금는 사이 나는 어느새 특판이라던가 결합 할인 같은 용어들을 부지런히 외우고 있었다. 그리고 몇 개월 뒤, 어머니의 불안이 겨우 잠재워지려던 찰나 재야는 다시 짐을 쌌다. 분명히 잘할 수 있을 거라 생각했던 일이 뒷목을 턱 하고 치는 탓에, 재야는 눈물이 핑 돌고 정신이 아찔해질 틈도 없이 얼굴이 벌겋게 달아오른 채로 짐을 쌌다. 그리고는 다시 필요한 짐을 추려 어느 카페의 머신 앞에 나란히 풀었다.

나는 '해야만 한다'는 말을 '할 수 있다'는 말로 기만하던 시기 까무러치기를 몇 번, 뭘 해도 해결되지 않는 불안함으로 이러다간 안전할 수 없다며 말도 안 되는 협박을 몇 번, 하고 싶지 않음과 할 수 없음 사이에서 어설픈 저울질을 몇 번 하면서 서서히 짐을 줄이는 방법을 깨달았다. '투자한 시간 대비'라는 이유로 질퍽한 미련을 곁에 남기지 않고, '후회'라는 이유로 스스로를 탓하지 않으면서 다음을 향해 가볍게 짐을 챙기는 방법을.

배울 게 많다며 오랜만에 들뜬 재야의 얼굴에서 우리는 혹시 진정성과 이것 아니면 안 된다는 집착을 착각하는 건 아닐까 생각해본다. '아니면 말고'라는 마음만큼 사실 든든한 것도 없는데, 그 든든함 덕분에 아주 작은 오늘이 그만큼 솔직할 수 있는데. 하고 싶은 일에, 도전하는 일에, 낯설고 새로운 일에, 그리고 누군가가 보기엔 아주 작아 보이는 내 꿈 앞에, 우리는 너무 많은 세상의 소문들을 요구한 건 아닐까.

날아올라. 저 하늘 멋진 달이 될래요

깊은 밤, 하늘에 빛이 되어 춤을 출 거야

날아올라. 밤하늘 가득 안고 싶어요

이렇게 멋진 날개를 펴 꿈을 꾸어요. 난 날아올라

- 〈오리 날다〉 체리필터

맞네. 무거운 짐을 짊어지고는 원하는 만큼 마음껏 날 수가 없지. 그토록 가벼울 수 있는 건, 진정성보다 지금 자신에게 필요한 단 한 가지를 알고 있기 때문이 아닐까.

내 오랜 친구 영이는 학교를 떠나 세상에 나가자 물 만난 고기처럼 펄떡거렸다. 책상 앞에 앉아 한국사 연표나 언제 쓰일지 짐작도 되지 않는 화학식 따위를 외울 때는 암만 애를 써도 깨지 않던 잠이, 건축 설계 도면을 짤 때는 밤을 새도 괜찮을 만큼 잠이 오지 않는다는 영이. 그렇게 영이는 취직을 하고

'이대로라면' 가능할 것만 같은 꿈을 한 해 두 해 반듯하게 쌓으며 키워나갔다. 그런데 설렘과 낯섦이 뒤엉켜 몸부림칠 때마다 감기처럼 문득문득 끼어드는 권태 탓에, '이대로라면' 뒤에 말줄임표와 쉼표를 정신없이 번갈아 쓰다가 결국 어설프게 마침표를 찍어버리는 일이 점점 많아졌다.

영이는 온 마음을 다해 바쁘게 살다가, 예고도 없이 상상도 하지 못할 만큼 아파서 긴긴 밤이 잠길 만큼 울어버리기도 했다. 게다가 바쁜 사람이 아프면 바쁘지 못해 더 병이 나기 마련. 그 무엇이든 해내야 하는 시간에 아무것도 할 수 없음으로써, 결국 오늘을 아무것도 아닌 날로 만들어버렸다는 죄책감이 오늘을 압도해버리는 날들이 이어졌다. 그런 날은 오지 않은 미래를 당겨와 걱정할 때만큼이나 나 스스로를 작고 무력하게 만들었다. 그렇게 열심히 살아도 작고 작은 이 티끌 같은 삶에 분개한 날엔 결국 다 날려버리고 싶어졌다.

바쁜 만큼 괜찮은 삶이려면 '티끌 모아 태산'이 가능해야 했다. 그런데 그건 은행 금리가 10퍼센트 이상 받쳐주던 옛말이고, 오늘날엔 티끌은 그저 모아봤자 티끌이었다. 티끌이 태

산이 되려면 빚을 과하게 당겨오는 투기적 투자가 아니고서야 사실 불가능했다.

티끌을 모으는 보통의 삶에선 티끌을 겨우 모은다고 하더라도, 삶 구석구석에 숨어 있는 구멍들이 티끌보다 더 크다는 게 문제였다. 저녁이 있는 삶을 일찌감치 반납한 것치고는 짜도 너무 짠 월급. 그것만으로는 아무리 애를 써도 학자금대출과 염치 모르고 비싼 월세, 명품백 하나 없어도 오르기만 하는 생계비 따위를 감당하기엔 벅찼다.

그러다 오랜만에 만난 영이에게서 뜻밖의 이야기를 들었다. 영이는 그녀가 얼마나 많은 건물들을 하얀 종이 위에 세웠으며, 그걸 위해 야근 수당도 없이 수많은 밤을 회사에 반납했는지에 대해 쏟아내다가 난데없이 자신의 블로그 이야기를 시작했다. 회색빛 건물을 상상하다가 갑자기 초록색이라니, 저 멀리서 초록이들이 어서 오라고 손짓하는 것처럼 덩달아 신이 났다.

수년 동안 영이의 일상과 온갖 취미생활들을 하나둘 올리기 시작한 블로그가 최적화되면서, 영이의 글이 어떤 단어를

검색창에 입력하면 꽤 상위에 노출되기 시작한 것이다.

그러자 여러 광고 업체들의 쪽지가 쏟아졌고, 곧 영이의 주머니는 부풀기 시작했다. 언제나 '플러스 마이너스 곧 영'이었던 그녀의 계좌에 드디어 수익이 발생한 것이다. 그 덕에 퇴근 후 시켜먹는 치맥에 계좌를 쪼갤 필요도 없어졌고, 눈뜨기 무섭게 치솟던 짜증도 한결 가셨다. 그런 영이를 보며 나는 이렇게 생각했다. 와, 역시 한 방이 터진 건가!

그런데 얼마 뒤 영이의 블로그에 무심코 들어갔다가, 방문객 수가 심각하게 떨어져서 깜짝 놀라 영이에게 연락했다.

"영아, 무슨 일이야?"

"나… 저품질 먹었어……."

온갖 사탕발림한 말들로 회유를 하던 업체들은 영이의 블로그가 쓸모없어지자 그대로 잠수를 탔다. 영이의 작은 세상 하나가 폭파된 것이다. 바쁨을 멈춘 영이의 세상은 잠시 엿같음에 서 있는 것 같았다. 나도 그 옆에서 도무지 어떤 말을 해야 할지 몰라 어정쩡한 침묵만 늘어놓다가 결국 별말을 하지 못하고 말을 끊었다. 울다가 만난 공간만큼 눈물나게 애잔한 곳은 없으니까, 영이가 그곳에서 목이 쉴 때까지 울다가 끝끝 내 후련해지는 끝맛까지 누리고 올 수 있기를 간절히 바랐다. 그럴 수만 있다면 내가 아는 영이는 다시 부지런히 새로운 바쁨을 생산할 거라고, 내 맘대로 믿어버렸다.

그리고 며칠이 더 지난 뒤에 영이로부터 연락이 왔다.

"솜!! 나 브런치에 작가 신청한 거, 허가됐어!!"

영이는 내가 브런치에 세 번이나 작가 신청을 했는데 그때 마다 거절당해서 단단히 배알이 꼴린 상태란 걸 모르겠지…. 그럼에도 영이의 새 소식이 정말 반가웠다. 역시 영이는 그 사 이에 여기저기 땅을 파고 있던 모양이었고, 그중 한 군데에서 물이 트인 것이다. 부럽고 기쁜 마음에 엉켜 그날 하지 못했던 말이 있다.

'영, 나는 세 번이나 떨어진 브런치 작가가 된 걸 축하해. 너는 이제 大브런치 등단 작가구나. 부럽다못해 배알이 꼴려서 오늘밤은 잠을 자지 못할 것 같아. 아직은 작고 작은 글쓰기 창구에서 언젠가 동전이 통통통 나오다가 지폐가 콸콸콸 쏟아져 나오는 그날까지, 우리 삶의 엿같음에 대하여 잘근잘근 씹어뱉어 보자.'

그리고 블로그를 잃어버린 영에게 하고 싶었던 말도 있었다.

'우리는 무작정 애만 쓰면서 살고 있는 게 아니야. 그러면 일이 잘 되지 않을 땐 너무 억울해지잖아. 그냥 상황에 맞게 적당히 잘 즐기고 있을 뿐이라고 생각하면 어떨까? '언젠가 한 방이 터져서 한탕' 같은 이야기는 개나 주자. 매일이 한탕, 그냥 재밌게 놀자. 친구야.'

프로티끌러의 삶은 쉽지 않다. 그런데 그 삶을 살아내는 능력이 과연 '작은' 재능인가 하는 것에는 이제 굉장한 의문을 품어본다. 아마도 우리 스스로만 유독 우리 자신에게 그렇게 적용하는 건지도 모르겠다.

여기에 원하는 게 없다는 건, 여기 말고 저기에 있다는 말인지도 모른다. 때론 실망스러운 게 당연하지만 그렇다고 매번 위축될 필요까진 없을 것 같다.

그 쓸모없음에
진심이라면

담이는 내가 아는 사람 중 가장 느긋한 사람이었다. 15년을 알고 지냈지만 격하게 기뻐하는 것도 괴로워하는 것도 본 적이 없다. 혹시 속으로만 앓고 있는 건 아닐까, 어떤 말 못할 이유로 자신을 있는 그대로 드러내는 걸 원치 않아서 아니냐며 걱정을 가장한 야유를 뱉기도 했다. 어떻게 사람이 이루고 말겠다는 강한 열망도, 가지겠다는 욕심도 없냐고 말이다. 잔뜩 비아냥대며 깐족대기도 하고, 그 속내를 오늘은 기필코 알아내겠다며 술을 먹여보기도 했지만 술은 늘 내가 취했다. 그런 담이로부터 중국어 학원에 등록했다는 이야기를 들었다.

　"중국어 학원? 갑자기 왜?"

　담이의 일상에 일어난 새로움이 너무 기뻤던 나머지 나는 흥분하며 물었다. 좀 더 큰 회사로 이직하려고 하나? 하긴 그러려면 중국어 같은 외국어 하나쯤은 능통한 게 좋지. 나는 담이의 미래를 머릿속으로 상상하며 고개를 끄덕였다. 담이가 말했다.

　"중국 여행하려고"
　"뭐???"
　"중국 여행할 거야."

여행은 돈만 있으면 하는 거 아니었던가. 중국이란 나라를 여행하려고 육 개월 넘는 시간 동안 부지런히 시간을 쪼개고 돈을 투자한다고? 고작 여행을 위해?

몇 개월에 한 번씩 만날 때마다 미묘하게 유창해지는 담이의 중국어 발음을 듣고 있노라면, 작게 잘린 위안화들이 눈앞에서 알록달록 넘실거리다 반짝이며 사라지는 것 같았다. 내 친구를 홀린 중국에게서, 그녀를 하루빨리 현실로 데려오고 싶었다.

한참 시간이 지난 어느 날, 담이로부터 가끔 들려오는 중국 여행기에 고개를 끄덕이며 어디로든 떠나고 싶다는 생각을 했다. 내 삶과의 흥정에서 꽤나 야무진 척 굴었지만 사실 '노력 대비'라는 셈에서 한참 밑지고 있다는 기분이 들던 날이었다. 나의 필요와 쓸모를 셈하지 않아도 되는 곳으로 훌쩍 떠나, 누구도 나를 찾지 않는 곳으로 떠나도 괜찮다는 안도를 느끼고 싶었다.

점점 내 체력으로는 감당이 되지 않을 정도로 일을 벌이는 나를 보면, 내가 속한 곳에서 나에 대한 필요를 증명하려고 안달이 난 건 아닌가 하는 의구심이 들었다. 나는 금세 피곤해졌고, 결국 지칠 대로 지쳐 여행을 떠났다.

여기서는 보란듯이 말고 내 마음대로 시간을 보낼 거야.
남들 눈치 따위 보지 않고 비교 따위 하지 않고.
실속 같은 건 집어치우고 아무렇게나 즐길 거야.
쓸모없어 보이는 것들을 하고 쓸모 따윈 생각하지 않으면서. 그러다가 문득 지금 내게 가장 중요한 가치 하나를 얻을 수도 있지 않을까.

그런데 애초의 다짐과는 달리 점점 조급해졌고, 결국 블로그를 샅샅이 뒤져 여행 코스를 부지런히 짰다. 더듬더듬 할 수 있는 영어마저 통하지 않는 곳에선 번역기 어플 하나에 의지하며 헤맸다. 얻고자 하는 질문을 어플에 입력하면, 파파고는 아주 정직하고 단아한 목소리로 통역했다. 그건 마치 오래된 컴퓨터 재부팅을 기다리는 것처럼 길고 지루하게 느껴졌다.

여름 낮의 찐득한 햇볕에 녹아버린 낯선 나라의 말들까지 뒤섞여서 이상한 기분마저 들었다. 심지어 그마저도 통하지 않을 때는 여행객으로 추정되는 무리를 따라 쓸려다니듯 발길을 옮겼다. 결국 다 포기하고, 누군가가 블로그에 올린 그대로를 답습하는 것으로 여행을 마쳤다.

다들 간다는 곳에 가서 평이 좋았던 음식을 먹고 맛있다며 덩달아 고개를 끄덕이고, 줄이 긴 곳에 서서 양손 가득 우롱차와 커피쿠키, 그리고 볼펜을 샀다. 굳이 여기까지 와서 돈만 썼구나 하는 생각이 들어, 선물들을 캐리어에 잔뜩 구겨 넣고는 화내듯 버럭 침대에 누웠다.

그날 밤 나는 호텔 침대에 누워 담이를 떠올렸다. 중국에 간 담이는 어떤 모습으로 거리를 누볐을까. 얼마만큼 겁을 덜 먹고 더 자유로웠을까. 담이가 말했던 '여행에 큰 불편이 없을 정도의 중국어 실력'이 얼마나 여행을 여행답게 하는지 생각했다.

담이는 정말로 대단한 뭔가를 이루거나 엄청난 행운을 거머쥐는 것보다, 있는 그대로의 중국을 느끼다가 원래 있던 자리로 돌아오는 것, 자리를 옮길 때마다 숨통이 트이던 낯선 감각을, 그런 설렘을 몇 년 동안 꿈꾸었던 건지도 모른다는 생각이 들었다. 담이에게 중국어 공부란 그런 의미에서 아주 중요한 일이었다.

내가 아는 사람 중 가장 느긋한 사람, 무리 속에서 항상 같은 온도로 같은 자리에 서 있는 사람. 그녀는 어제까지의 피로를 낯선 여행길에서 만난 설렘으로 살짝 눌렀다가, 다시 어제의 삶으로 돌아갈 줄 아는 사람이었다. 그렇게 다시 만난 오늘과 조금 더 가까워지는 것, 삶과 멀어졌다 가까워졌다 반복하면서, 그렇게 일정한 간격을 만들어내면서 담이는 자신의 삶을 살아내는 중이었다.

우리는 대체로 그게 무엇이든 어떤 것을 시작함에 있어 그것의 유용성을 셈하려 든다. 해보지 않으면 알 수 없는 쓰임도 있는 건데, 지금 당장이란 조급함에 떠밀려서 온종일 잰걸음으로 종종거리며 살고 있는 건 아닐까.

'그걸 꼭 지금 해야 해?'

남들의 시선으로는 그닥 쓰임이 많아 보이지 않는 일을 하더라도 두려워하지 않았으면 좋겠다. 누군가는 내게 쓸모없는 일이라며 재촉하더라도, 혹은 당장은 그렇게 보일지라도 말이다.

내가 지금 그 쓸모없음에 진심이고, 그게 나를 살아가게 한다면 그것만으로도 충분하다못해 흘러넘치는 쓸모가 아닐까. 그리고 그 쓸모가 언젠가는 우리가 그토록 바라는 쓸모가 되어 있을지는 아무도 모를 일이다.

감당할 수 있는
만큼의 행복

삶에도 친절한 내비게이션이 있다면 얼마나 좋을까. 이 길이 맞나 주저할 때 나타나 최단 코스와 무료 코스 따위를 알려주는, 내 기분에 따라서 목소리의 어조까지도 조절하는 그런 내비게이션. 그런 기능만 있다면 선택 앞에 그리 겁먹거나 주저할 필요가 없을 텐데.

몇 해 전 오빠는 대기업을 때려치웠다. 그 회사에 다니는 동안, 오빠는 학자금대출을 갚고 더 많은 대출을 받았으며 그 돈으로 장가도 가고 아빠도 됐다. 대신 그 기간만큼 회사에선 수많은 뒷감당을 해왔다. 일반 사원에서 직급을 하나씩 달 때마다 비공식적인 업무들이 추가되었다.

오빠는 밤낮을 반납하고 해왔던 여러 뒷감당들과 가족과의 시간을 맞바꾸는 건 불공평할뿐더러, 비생산적인 삶의 뒷거래 같은 거라고 한탄하며 맥주 캔을 으깨곤 했다. 다들 그렇게 살고 있다는 주변의 위로는 힘들다는 그의 말문을 매번 틀어막았다.

그러던 어느 날 오빠의 옆자리가 비었다. 오빠와 함께 곧잘 저녁을 반납했던 상사의 갑작스런 사고, 과로로 인한 뇌졸중이었다. 사고 발생지가 회사가 아니었고, 그의 열심을 대변해 줄 증거 같은 것들이 부족하다는 이유로 산재 처리를 받지 못하자, 온 동네 순둥이였던 오빠는 진심으로 빡쳤고 이마에 붉은 띠를 둘렀다.

이후 '아직도?'라고 물으면 그저 '응'이라고 대답하는 걸 몇 번이나 반복하고는, 어느 순간 나도 그 싸움을 까맣게 잊어버렸다. 그러니까 여전히 오빠가 동료를 위해 서류뭉치를 가득 들고 뛰어다니며, 그의 옆에서 '졸라게' 일을 한 산증인이라며 이렇게 살다간 금방이라도 저세상 가겠다며 법정에서 버럭버럭 소리를 지르고 있었을 테지만… 내 생활은 조용했으니 같은 시간 속에 존재했을 그 이질감을 떠올리면 깜짝깜짝 놀라곤 했다. 그가 대법원까지 돌격한 뒤 적진의 흰 깃발을 받아낸 뒤에야 긴 싸움은 끝이 났다.

'주인님, 고생하셨어요. 대안 경로가 나타났습니다.'

오빠가 사표를 낸 건 그로부터 한참이 지난 뒤였다. 아마도 그 사건 이후로도 오빠는 줄곧 서류에 사인을 하느라 저녁을 반납했을 테고, 그 삶에 진절머리가 난 게 아닐까. 매일 맥주 몇 캔을 으깨고도 견디기 힘들었다는 건, 지금까지의 외길 끝에 새로운 경로가 나타날 거란 신호가 아니었나 싶다. 삶에 있어 대안 경로는 아무 때나 나타나지 않으니까.

퇴사 후 오빠는 목수 학원에 등록했다. 나무 소품 같은 것들을 만드는 걸 좋아하고, 다치지만 않으면 해가 갈수록 임금이 오르는데다가, 사람 간의 스트레스야 있겠지만 여기 아니면 갈 데 없다고 볼꼴 못 볼꼴 질끈 눈감아야 할 일은 없는 일이었다. 우리 손주 대기업 들어가서 안쓰러운 내 새끼 어깨 쫙 폈다며 기뻐하시던 할머니만 질끈 눈감아주면 될 일이었다.

이제 회사 다닐 때의 멀끔함은 오빠에게서 찾아볼 수 없다. 퇴근한 오빠의 몸에선 술 냄새 대신 먼지 냄새가 나고, 옷장에는 잘 다려진 셔츠 대신 작업복이 가득하다. 오빠의 삶이 더 나아졌는지는 모르겠지만 달라진 것만은 확실했다. 어린 조카에게 아빠의 공간을 그려내라고 한다면, 아마도 텅 빈 공간이 아닌 온갖 나무 블록 따위를 잔뜩 그려 넣을 것 같다. 술 냄새가 잔뜩 밴 셔츠 따위를 떠올리며 아빠를 이해하려고 애쓰는 것보다는, 아빠가 남겨 온 나무 조각 따위를 보며 오후 내내 만들었을 집을 상상하는 게 더 즐거운 일일 것 같다.

조금 더 편하게 자신의 삶을 감당할 수 있는 곳으로 발걸음을 옮긴 오빠네 집은 여전히 분주하고, 또 그만큼 활기가 넘친다. 매달 고정적으로 입금되던 월급만큼 더 불안해질지언정, 그만큼 몸은 삶을 감당해내는 능력을 더 채우고 있었다.

'주인님, 고생하셨어요. 기존 경로로 안내합니다.'

삶은 새로운 경로로 변경하지 않는다고 해도 우리를 질책하지 않는다. 그러니 새로운 경로에 덜컥 겁먹을 필요도, 기존 경로를 달린다고 울적할 필요도 없다. 분명한 건 삶은 언제나 바뀌고 갈등 뒤에 나타난 길은 어제와 같지 않다는 것.

아마도 앞이 보이질 않아 두렵기는 해도 그걸 감당할 만한 제법 튼튼한 엔진을 가지고 있다면 겁먹을 필요도 이유도 없지 않을까.

오빠의 삶을 향해, 그리고 나의 삶을 향해 간절한 마음으로 기도했다. 어딜 가든 뭘 하든, 나와 너의 삶은 더 좋아질 거라고. 가고 싶은 길을 미리 비춰주는 든든한 내비게이션은

없지만, 차선의 선택을 하더라도 최선을 다하는 삶을 살아낼

거라고.

어쨌든
　　하는 사람

내가 아는 거짓말 중에 가장 착한 거짓말은 "그럴 수 있어"이
고, 가장 독한 거짓말은 "아직 아니야"이다. 이 말들은 타인이
나 나를 위로하는 데 쓰이는데 독한 거짓말은 좀 다르다. 착하
고 나쁘고의 판단이 안 되는 정말로 그냥 세상 독한 거짓말.

　향은 그런 거짓말을 아주 밥 먹듯이 했다.

"향은 언제쯤 투고할 거예요?"

"아직……."

향은 내가 처음 글방에 다니기 시작할 때도 이미 노련한 아마추어 글쟁이였다. 그녀에 대해 아는 거라곤 그녀의 글밖에 없지만, 다년간 글로 만나 글로 소통하면서 지독한 글덕후임은 틀림없었다. 쓰지 않으면 좀이 쑤시고, 왠지 손바닥을 비비면 연필 냄새가 날 것 같은 그녀. 그런 그녀의 글을 이젠 나 말고 세상이 읽기를 간절히 바랐다.

"아직은 아니야."

향은 스스로에게 매일같이 아직은 아니라는 거짓말을 했다. 때로 이 말은 지겨워서 못 버티겠다며 은근슬쩍 엉덩이를 떼는 향을 잡아끌었고, 또 때로는 이제 준비가 되지 않았냐며 주섬주섬 원고를 챙겨 문밖으로 나가보려는 향의 옷자락을 낚아채기도 했다.

아직은 아니라니까.

나는 그런 향의 글을 읽을 때면 매번 너무 좋아 고개를 끄덕이면서도, 이런 글을 밖으로 자주 내보이지 않는 향이 미웠다. 그럼에도 또 어김없이 잔뜩 고쳐온 향의 글을 읽고 피드백을 해야 할 때면 가끔은 칭찬도 조심스러웠다. 뭐든 고치겠다는 의지로 똘똘 뭉친 향이, 결국에는 칭찬에 설레려는 자신도 고치려고 할까 봐.

"향, 스스로에게 너무 완벽하길 바라는 거 아니에요? 물론 향이 완벽한 글을 위해 고치고 또 고칠수록 글은 좋아지겠지만, 일단 독자에게 글이 가야 읽잖아요. 도대체 뭐가 두려운 거예요?"

향은 한참 뜸을 들인 뒤 말했다.

"두렵다기보단 여전히 부족하다는 게 문제예요."

향은 아주 지독한 완벽주의다. 어설픈 완벽주의는 자신과 타인을 모두 싸잡아 달달 볶는다. 그러나 향처럼 지독한 완벽주의는 오직 자신만 볶는다. 볶고 볶아서 완벽한 향이 날 때까지 계속 볶는다. 모든 균형이 딱 들어맞아서 더 이상 고칠 곳도 없어 보이는 때, 향은 스스로에게 이런 질문을 던졌다.

'더 고칠 건 없을까? 이대로 괜찮을까?'

그리고 그 질문에 대한 확실한 긍정을 내리지 못한 대가로 언제나 돌아오는 대답은, '아직은 아니야'였다. 그래서 다시 스스로를 달달 볶고 또 볶았다. 그 과정은 곁에서 지켜보는 것만으로도 괴롭고 외롭다. 향은 그 괴롭고 외로운 일을 몇 년째 하고 있었다.

그녀와 함께 스터디를 하던 우리들은 향만 나타나면 '투고송'을 마치 그녀의 주제가처럼 불렀다. 투고하러 출판사에 투 고! 그러면 어김없이 향은 어색한 미소로 운을 띄워 '아직은…'이라는 말로 후렴구를 마쳤다.

어두운 밤 홀로 책상 앞에 앉아 지난날의 생각들을 무릎 위에 앉혀놓고 글을 쓰는 향은, 그때의 순진함과 그로 인한 무자비함으로 인해 여기저기 그어진 기억의 생채기를 어떻게 엮어야 할지 몰라 한참을 헤매는 중이었는지도 모르겠다. 어떻게 고쳐도 변하지 않는 어제의 이야기에 매순간 달라지는 오늘의 이야기를 엮는다는 건, 어떻게 해도 완벽할 수 없는 조각을 맞추고 있는 중인지도.

여러모로 뭐든지 잘해야 하는 어른이 된 우리는 '아직은 아니야'라는 사실을 가져와 오늘을 채찍질하기 위한 거짓말로 쓰는 경우가 많다. 그 거짓말이 너무도 지독해서 스스로조차 깜빡 속는 일이 다반사다. 아무것도 하지 않아도 쑥쑥 잘만 크던 어리고 여린 나날과 달리, 어쩐지 요즘은 더 열심히 부지런히 사는데도 성장은커녕 뭘 먹어도 소화가 되지 않는 날들이 더 늘어난다.

이후 향과 두 번의 글쓰기 스터디를 했다. 처음 만난 날에 우리는 각자의 글이 무엇을 말하고 있는지 몰라서 그 맑음에 한참 웃다가 헤어졌고, 두 번째 만난 날에 우리는 상대에게 있는 장점을 온 마음을 다해 칭찬하다가 헤어졌다.

그러다 어딘가에서 부지런히 쓰던 향이 출간했다는 소식
에 스터디를 했던 마로와 함께하던 일을 멈추고 기쁨의 축제
를 벌였다. 그리고 한편으론 그런 생각을 했다. 어쨌든 하고
있는 사람에게 아직 해내지 못함은, 곧 해냄과 동의어이기도
하다고.

겁도 없이 시작했던 일은 지독한 외로움과 끝없는 자기 반
성을 버티며 끝을 맺기도 하고, 때론 홧김에 저지른 용기 덕에
세상에 내보이기도 한다. 우리에게 시작도 끝도 유독 어려운
이유는 처음이란 단어를 마지막으로 읽었기 때문은 아닐까.

어쨌든 하는 사람 향을 보며 이런 생각이 들었다. 나의 영
역 밖으로 발을 배꼼 내밀었다가 조금 더 내밀고, 그러다가 아
차 싶으면 다시 내 영역 안으로 감추고, 그렇게 내밀고와 감추
고를 반복하면서 나만의 안전지대를 넓혀가는 것도 그다지
나쁘지만은 않을 것 같다고.

안 해본 걸
해보고 싶어

'열심히 살아야지' 다짐을 하고, '좀 더 잘해야지' 욕심을 내면서, 세상은 참 내 마음대로 착착 되지 않는다고 느낄 때가 많아졌다. 직장 생활도, 엄마 노릇도, 남몰래 연명하던 작가 생활도 다 잘해내기 위해 시간을 쪼개어 열심히 하다보니, 어느것 하나 마음에 드는 게 없어서 더 열심히 달렸다. 그렇게 차곡차곡 스트레스가 쌓이면 새삼 뜨거운 줄만 알았는데, 어느새 손과 발이 차가워졌다. 그렇게 수족냉증이 찾아왔다.

원인을 찾아보니 내게 해당되는 건 결국… 스트레스. 아무리 생각해도 그것 외엔 뚜렷한 원인이 없었다. 20대 중반, 스트레스가 차곡차곡 쌓이다 극에 치닫자 뒤통수에 원형탈모가 생긴 적이 있다. 이 스트레스란 녀석, 어쩐지 낯설지 않다. 이번에는 뒤통수가 아니라 손과 발.

이번 겨울을 무사히 넘기기 위한 전략이 시급했다. 정말 누군가의 조언대로 내 몸에 맞지 않는 과도한 욕심을 낸 탓일까. 그래서 병이 나버린 걸까. 그렇다면 나는 지금껏 나에 대해 잘못 알고 있었다는 건데, 나랏말쏨이 듕귁에 달아 지피지기면 백전백승일세, 너도 하고 나도 해봤다는 MBTI를 이제야 해봤다.

'살짝 미치면 인생이 즐겁다'

그렇지! 무료 검사치고는 격한 통찰력에, 문장 하나하나마

다 고개를 끄덕이다가 알았다. 지나친 부담이 나의 즐거움을 해치고 있었고, 눌려버린 흥은 곧 스트레스로 이어져 한겨울 수족냉증이란 대참사를 불러들였다는 것을.

그러면 부담을 느끼지 않으면 되겠네, 잘해야 한다는 더 열심히 살아야 한다는 그 무시무시한 짐짝을 저기 내던지고 마냥 즐겁게 달리는 거야, 라고 다짐했지만 그게 어디 쉽나. 그걸 할 줄 알았다면 애초에 스트레스란 걸 받지도 않았겠지.

나는 한동안 '살짝 미치면 인생이 즐겁다'는 내 캐릭터의 조언을 종이에 크게 써 붙이고, 어떻게 하면 즐거울 수 있을지 고민했다. 아무리 즐거워지려고 해도 도저히 즐겁지가 않아서 무척이나 우울해지려던 순간 이런 생각이 스쳤다.

'안 해본 걸 해보는 건 어때?'

마침 1년 반이나 쓰고 고치고 무한 반복하던 원고가 편집자의 손으로 넘어간 터라 새로운 걸 더 새롭게 시작하기에 적절한 타이밍이었다. 뭘 한번 시작해볼까 여기저기 기웃거리는데, 갑자기 손과 발에 온기가 도는 것 같고 심장이 조금 더 빨리 뛰는 것 같았다. 이윽고 콧구멍이 벌렁거리기 시작하고 누군가에게 얼른 이 기쁨을 알리고 싶어졌다. 느긋하게 앉아 쉬어야 한다는 강박을 버리고 그야말로 살짝 미치자 갑자기 더 즐거워졌다.

나　캠핑을 해볼까?

친구　아무것도 없으면서, 심지어 이 겨울에?

나　그러면 등산!

친구　하루에 한 시간 걷는 것도 못하면서?

나　마라톤은 어때?

친구　…….

전화기 너머의 친구도, 나도 모두 할말을 잃었다. 친구의 말을 빌리자면 미친 짓이었다. 그런데 살짝이 아니라 제대로 미친 거란 친구의 말이 마치 응원처럼 들렸다.

좋아하는 것을 좇아 달리다보면 어느 순간 '될 만한 걸 해야 한다'는 남들 말에 주눅이 들어서, '그냥 좋아서'라던 초심을 까마득하게 잊곤 한다. 그러다 기호와 필요의 온도차를 격하게 느낄 때면 그때의 기시감을 정의할 방법이 없었다. 그동안의 시간이 그저 한때의 착오로 얼렁뚱땅 마무리되는 것 같았다.

그런 시간들이 차곡차곡 쌓이다보니 남들보다 한참은 더 밀려나는 기분이 들었다. 사실 그렇지 않다고 하더라도 앞서 나가리란 보장도 없는데, 열심히 해도 자꾸만 밀려나는 기분을 설명할 방법이 없었다.

맹목적인 달리기를 잠시 멈추자 여기저기서 '이건 어때? 꽤 재밌는데'라며 나를 부르는 소리가 들렸다. 집 앞에 새로 오픈했다며 전단지를 주는 필라테스 언니도, 무진장 날 때려주고 싶은지 같이 주짓수 배우러 가자는 친구도, 한번 배우면 평생 써먹을 테니 4회에 100만 원은 그리 비싼 게 아니라며 구경이나 오라는 마카롱 가게 사장님도, 모두 두 손 두 팔 벌려 나를 환영한다. 나는 도대체 왜 이 정도밖에 되지 못하냐며 한탄하던 마음이 갑자기 부끄러워졌다. 여기저기서 이렇게 예쁨 받는 존재였는데, 그걸 나만 몰랐나보다.

뛰어난 재능은 없어도 하고 싶은 일을 부지런히 하다보면 조금 더 신나는 일들이 많아지지 않을까. 그래서 생각보다 재밌는 것도 즐길 것도 많다는 이상한 기대로, 즐겁게 시작하고 가볍게 포기하되 쉽게 실망하지 않는 사람이 되고 싶다. 정말로 실패한다고 해도 돈 낭비, 시간 낭비라는 생각만 거둬들이면 해볼 만한 것들이 많으니까.

아무리 생각해도 나는 놀랄 만한 스토리와 엄청난 글재주는 없다. 그래서 글이 주는 재미를 제대로 맛보지 못한 채 화려한 디지털미디어의 즐거움에 빠져버린 이들을 구해내는 위대한 히어로로는 되지 못할 것 같다.

그렇다 할지라도 '모름지기 작가라면 말이야'라던가 '팔리는 글이란 건 말이야'라며 뭔가 해보기도 전에 기부터 팍 죽이고 보는 세상의 카더라 속에서, 오늘도 쓰는 나는 나에게만큼은 작지만 멋진 히어로가 아닐까.

뚜렷한 취향이나 화려한 재능은 없더라도 내가 하고 싶은 걸 하며 오늘도 기죽지 않고 즐겁게 살아가는 우리는, 모름지기 나 스스로를 지키는 진정한 히어로임에 틀림없다.

반가워요, 누군가의 작은 히어로들!

CHAPTER 03.

취향은 없지만
'욕구'는 가득

오늘도   쓰고 싶은 욕구로   가득

취향은 없지만
        욕구는 가득

하루에 한 번 꼭 어디라도 나가야 숨통이 트이는 교는 코로나 19로 바깥에 나갈 수가 없게 되자 그야말로 대우울 상태에 던져졌다. 내 집 근처를 바이러스가 염탐 중일지도 모른다는 불안과 이러다 미쳐버릴지도 모른다는 걱정을 뒤집어쓰고, 괄약근에 힘을 꽉 쥔 채 문 앞에서 다리를 베베 꼬는 모습이랄까. 교는 정말로 이러다간 큰일나겠다 싶어 마스크와 손소독제로 무장한 뒤 짝꿍과 함께 인적이 드문 산책로를 걷기 시작했다.

오랜만에 나선 산책에 정신 놓고 수다를 떨다보니 덜컥 낯선 산길에 서 있더란다. 길이란 게 늘 그렇듯이, 여기서부터 산길이라는 표시가 없어서 정신 차리고 보면 가고 싶지 않았던 낯선 길 한가운데 서 있게 된다. 걸어온 길에 대한 기억이 없어서 돌아갈 길에 대한 자신도 없는 상태, 그래서 교는 또 다른 출구를 찾아 무작정 앞으로 걸어갈 수밖에 없었다. 산은 이래서 딱 질색이라며 언제든지 중도하차란 게 없다고 투덜거리면서. 이래서 내가 원하면 언제든 택시 잡아 집으로 돌아갈 수 있는 도심이 좋다며 치를 떨었다.

그런데 웬걸 한참 동안 걷다가 지칠 대로 지친 교는 땅바닥에 주저앉아 슬쩍 마스크를 내렸는데, 코끝에 닿는 낯설고 서늘한 공기에 몇 달간의 체증이 내려앉는 것 같았다고 했다. 그녀에겐 상상도 하지 못했던, 전혀 예상 밖의 일이었다.

"산이 정말 싫었는데, 내가 산을 싫어했던 게 맞나 싶을 정도로 황홀했어."

추측하건데 아마도 삶은 고구마를 먹고 컥컥거리다가 우유를 벌컥 들이마셨을 때의 그 느낌이었을까. 식도를 따라 묵직하게 내려가는 고구마 덩어리에 가슴팍이 아려오다가 그 뒤에 남은 알싸한 통증이 후련함이 되어, 다신 안 먹는다며 주먹으로 가슴을 치며 파르르 떨게 했던 그 고구마. 그런 고구마를 다시 손에 쥐게 되는 것처럼, 교는 그때부터 매연과 북적거리는 일상으로 돌아갔다가 산으로 달아나기를 반복했다. 삶은 고구마와 시원한 우유의 조합처럼, 일상과 일탈의 조합은 지긋지긋하던 팬데믹 일상마저도 조금은 견딜 만한 삶의 한 부분으로 여기게 했다. 교는 이제 산을 정말 좋아한다. 나는 좋아하는 게 있는 교가 왠지 부러웠다.

그동안 나는 확고한 취향이 있는 친구들을 보면 어딘가 꿀리는 듯한 기분이 들다가, 내가 뭔가 놓치며 살고 있는 건 아닌가 하는 자기반성에까지 이르곤 했다. 태어나 나이의 앞자리 숫자가 세 번 바뀔 때까지 나는 이렇다 할 취향이란 게 없었다. 좋아하는 이성 스타일도, 즐겨 먹는 음식의 종류도 그때그때 어울리는 사람들에 따라 달라졌다. 오죽하면 인스타에 지금 내 상태를 쓰려고 할 때, 한참 고민하다가 이렇게 썼다.

"취향은 없지만 욕구는 가득"

나는 뚜렷한 취향은 없지만 식욕과 돈욕 그리고 성공욕은 가득했다. 취향 대신 욕구로 가득 찬 삶은 언제나 바빴다. 나는 열심히 사는 내가 기특하고 대단한데, 그거랑 잘 사는 건 또 다른 문제라서 친구들과 만나 뭔가 결정할 때는 유독 작아지는 것 같았다. 뭘 먹을지 뭘 살지 고민할 때 '아무거나'로 일관하는 내 태도는 왠지 좀 촌스럽게 느껴진다고 해야 할까. 정말로 입고 먹고 쓰는 대부분의 것들에 있어서 아무거나 괜찮았다. 이렇게 색깔이 없는 내가 요즘 세상에서 열심히 한다고 살아남을 수나 있겠냐는 생각에 도달했을 땐 짐짓 불안해졌고, 아무쪼록 취향 없음은 나의 욕구 가득을 방해할 것 같았다.

그래서 한동안은 덕후 앓이에 모든 에너지를 쏟았다. 문구 덕후가 대세인 것 같아 문구류나 그나마 마음이 가는 연노랑을 모았다. 하지만 그건 마치 한 달 내내 아침마다 카레를 먹어야 하는 것만큼이나 부담스러웠고, 보고 싶지 않아도 특정 펜이나 노란색이 자꾸만 눈에 띄어서 그 렌즈를 얼른 눈에서 빼버리고 싶었다. 하긴 친구들이 god에 꽂혀서 온갖 굿즈를 사 모을 때도 나는 〈거짓말〉이란 노래는 띄엄띄엄 따라 불러도, 그 노래를 부른 가수의 그룹명이 god인지 GOD인지 구분하지 못했다.

그러다 출근을 하기 위해 향수를 두어 번 칙칙 뿌리다 멈칫 생각했다. 무욕다취의 상태이든 과욕무취의 상태이든 알게 뭐냐고. 뭐가 어찌 되었든 그런 내가 나의 취향이라고 인정하는 순간, 취향이 없든 욕구가 없든 '아… 좋네!'만 남을 텐데.

누군가를 향해 '네가 좋다'란 감탄사를 한 적은 많아도, 그 말이 나를 향한 적은 별로 없었다. 그를 향해 좋다 좋다 이야기하면, 막상 좋지 않아도 왠지 조금은 더 좋아지는 게 사람

마음이다. 취향은 없지만 욕구는 가득한 내 삶을 향해 너 참 좋다고 감탄하면, 그런 내가 취향이 되지 않을까? 다시 정정해야겠다.

"취향은 없지만 욕구는 가득, 그런 내가 내 취향"

아… 좋다.

어떤 친구들은 언제나 열심히 뭔가를 이뤄나가는 내가 부럽다고 했다. 그런데 그들은 아마도, 내가 지극히 개인적인 취향이 있는 너희가 너무 부럽다는 말을 자존심 상해서 하지 못했다는 걸 모르겠지. 과욕무취든 무욕다취든, 그런 내가 내 취향. 까짓것 취향 없다고 꿀리지 말자.

잘나진 않아도
하고 싶은 건 한가득

십 년 전에 질문 하나당 오천 원짜리 사주팔자를 보러 갔는데
직업운을 보겠다니까 점술가는 이렇게 말했다.

"머리가 더 좋았으면 교수도 할 수 있었을 텐데 그 정도
머리는 안 되네. 그래도 계속 공부해야 할 팔자야."

하, 이 말이 칭찬인지 욕인지 구분이 가지 않는 건 정말로 머리 탓인가.

"연예인 기질도 있어서 이쪽으로도 괜찮을 것 같긴 한데 그렇게 잘될 것 같지는 않고."

내 표정이 거무죽죽해지려 하자 점술가는 말을 덧붙였다.

"원하는 게 뭐야?"

그때의 나는 어렵게 취업이란 걸 해결했는데 어딘가 허전해서 견딜 수 없었다. 다른 세상의 존재를 느낌으로나마 알아차리는 순간 종종 불안해졌고, 그런 날엔 불면으로 두통을 앓아야 했다. 할 수 있는 것, 해야 하는 것 말고, 하고 싶은 것, 그러니까 안 되도 재밌어서 할 수밖에 없고 안 하면 병이 나서 해야만 하는 그런 일이 어딘가 있을 것 같았다. 그 이상한 끌림을 자꾸만 느꼈다. 내게도 다른 알파의 삶이 존재할 것 같다고.

그런 느낌이 심한 시기엔 갑갑증이 마치 꼬일 대로 꼬인 미로처럼 느껴졌다. 처음부터 직진 스트레이트인 친구에 비해 꼬여도 너무 꼬여서 여긴가 싶어 발을 내딛으면 벽이고, 그렇게 벽에 머리를 몇 번 박다가 돌아서기 일쑤였다. 처음부터 끝장 판에 던져진 삶은 아닐까 생각이 들 정도였다. 아무리 진지하게 고민을 해봐도 내가 뭘 해야 할지 답이 나오질 않았다.

그래서 퇴근 후에 다른 걸 배워보고자 제과제빵, 바리스타, 비누공예, 천연 화장품, 미술…을 시작했다. 이쯤 되면 취미백화점이라고 불러도 될 것 같았다. 그런데 몇 달을 배워도 재능은 보이질 않았고 그러는 동안 주머니는 점점 가벼워졌다. 한 달에 십만 원을 훌쩍 넘는 학원비를 결제할 때면 저 멀리 망각의 고개에서 '헤이, 삼천만 원~' 하며 손을 흔드는 빚더미와 눈이 마주친 것처럼 심장이 콩닥거렸다.

'그깟 설렘이 뭐라고 내가 이 짓거리를 또 하나…….'

그럼에도 차마 환불해달라는 말은 하지 못하고 쓸모도 없는 영수증을 받아들며 다짐했다.

'그래, 이번 달이 마지막이야!'

그리고 약속했던 '이번 달'이 끝나갈 때쯤엔 몹시 억울해졌다. 이렇게까지 나한테 야박하게 굴어야 할 필요가 있을까. 나한테만큼은 조금 더 관대해지라는 메시지만 눈에 들어오고, 크고 작은 힘듦이 돈을 써야 할 명백한 이유처럼 느껴졌다.

갚아야 할 것들은 빚더미, 해야 할 것들은 산더미.

이렇게 더미들에 덮여 살아가다간 더미행 직속열차에 깔려, 노는 건 영영 잊어버릴지도 모를 것 같았다.

'그래, 얼마면 되겠어?'

나는 부담을 내려놓고 즐길 수 있는 비용을 내 자신에게 추궁했다. 결국 한 달에 삼만 원을 넘는 취미는 배우지 않겠다고 타협했다. 그건 사실 '삼만 원이 말이 된다고 생각해?'라며 배 째라는 듯 배를 주욱 내미는 심통 난 마음 같은 거였는데… 아뿔싸! 그런 취미가 있었다. 찾아내니 있다는 게 신기했다. 정말로 더 신기한 건 1회 참여 비용이 오천 원이었는데 음료까지 포함이었다. 아무리 글쓰기라면 학을 떼는 나라도 겨우 '한 줄'이라도 쓰면 된다는데, 커피도 준다는데 가지 않을 이유가 없었다.

이렇게 신기한 모임을 만들어낸 사람 얼굴이나 보자 싶어 찾아간 그곳에서 나는 몇 개월을 한 줄, 길면 몇 줄씩 그것도 글이라고 썼는데 그게 꽤 재밌었다. 가끔 그럴 듯한 문장이라도 하나 건지는 날엔 하루 종일 어깨가 으쓱해져서 잘난 척하기 좋아하는 내겐 더할 나위 없이 좋은 취미였다. 내게 정말로 글 재능이라는 게 있었는데, 그놈의 일기 숙제 때문에 조기 발견을 못했다며 우리나라 일기 쓰기 교육은 죄다 사라져야 한다고 청원문이라도 쓸 판이었다.

이 모든 건 '초보자에겐 노비판 칭찬만'이란 글방지기의 사탕발림 때문이었지만, 나는 그 덕에 술 따위는 생각조차 나지 않을 만큼 글에 아주 푹 빠져 지냈다.

그렇게 마주한 나의 알파룸은 아주 작고 보잘것없었다. 누구도 쳐다봐주지 않고 열심히 한다고 반드시 성공이란 성과를 품에 안겨주지도 않는 그런 파렴치한 면이 그곳에선 일상이었지만, 그래도 퇴근 후엔 그곳으로 숨어들었다. 관계로부터 멀어졌을 때도, 격하게 기쁠 때도, 갑자기 내가 너무 싫어졌을 때도. 이런 날 저런 날에도 문장 하나를 놓고 씨름했다. 그러다 우연히 마음에 드는 문장을 완성하게 되었을 땐 어쩌면 천재적 재능이 움트고 있을지도 모른다고 설레다가, 몇날 며칠 써도 조잡하기 짝이 없는 문장을 마주할 때면 평생을 해도 안 될 재능이라며 비관했다. 그러다 조금 더 노력하면 또 나를 혹하게 하는 결과들을 만들어내기도 했다. 내 알파룸은 워낙 '째깐해서' 숨기에도 좋고, 그러다 아무 일 없었다는 듯이 털어내기에도 괜찮았다.

'그래, 이 정도쯤이야.'

오늘은 어제보다 더 못 썼다며, 어쩜 못 쓰려고 이렇게 안 달날 수 있냐며 우스갯소리로 남은 시간을 버티다보면, 결국엔 어느 날 띵-하고 떠오르는 단어 하나에 어깨에 뽕 들어갈 만한 글들을 줄줄 써내기도 하니까, 이 정도쯤의 안 됨에 너무 개의치는 말자고 그렇게 다짐했다.

잠을 반납하면서도 설레고 기분 좋은 일이라면, 때론 별것 아닌 걸 능력이라고 빡빡 우기는 것도 괜찮지 않을까? 무엇보다 나에 대해 잘 모를 땐 선택지를 다양하게 열어두는 것도 좋을 것 같다. 그 좋음이 힘듦을 넘어서는 그 순간까지 계속되면 더 좋을 것 같고.

이런저런 이유로 하기 싫은 목록을 쌓아가는 것보다는, 힘은 들어도 하고 싶은 것들을 찾아 정처 없이 헤매는 게 더 재미있지 않을까. 개의치 말자고 해놓고 또 신경 쓰고 있는 내 자신도 좀 개의치 말고.

내 인생주도
언젠간 급등할 거야

주식을 하면서 가장 당혹스러운 순간은 내가 사면 급락이요,
팔면 급등할 때다. 실력은 당연하고 눈치까지 없는 나는 이 타
이밍을 맞춰보겠다며 온갖 잘나가는 주식 유튜버와 카페를
섭렵했지만, 급등행 표는 아무한테나 주어지는 게 아니었다.
그렇다고 아예 귀가 얇기만 한 똥멍충이는 아니라서 '언젠가

는 급등할' 주식을 샀는데, 예를 들면 2019년 9월 초 이제 한국의 미래는 우주 산업이라며 가지고 있던 삼백만 원을 한국항공우주에 몰빵했다. 우리나라 독점 기업이 망할 일이 있겠어? 자, 샀다. 이제 가즈아!

'…어라, 어어, 젠장, 미쳤네, 나라 망하나! 위로 가자고 위…로.'

망하지 않는다고 폭락하지 않는 건 아니고, 그 상투는 내가 잡았다. 상투 잡는 것도 능력이라고, 내가 잡은 이후 제트엔진을 단 것처럼 급락하더니 6개월 뒤엔 최저점을 찍었다. 그래 온 세상이 바이러스에 물들었는데 버틸 회사가 어딨냐며, 그래도 회사 망하지 않았다고, 한국의 미래는 우주 산업이라며 더 목소리 높어 소리질렀다. 6개월간 60도의 각도로 내리꽂던 차트는 조금 오르더니 또다시 6개월 동안 횡보했다.

코로나19 때문에 부실 기업들이 사라지는 판에, 그래 살아남은 것도 용하다고 스스로 위로했다. 하지만 다른 회사 주식을 보니 웬만하면 그 6개월 동안 두 배 이상은 올랐다. 그 지독하게 무거운 S전자마저도 두 배가 올랐는데, 한국항공우주지가 뭐라고 횡보를 하냔 말이다. 참다 참다 제대로 열 받은 나는 또다시 온갖 주식 채널들을 뒤졌고, 그런 나를 향해 어떤 전문가는 이런 독침을 꽂았다.

'기회비용'

그래, 내가 날린 건 원금뿐만 아니라 그 원금으로 투자해서 수익이 났을 비용까지 계산해야지. 아무 거나 사도 두 배 세 배 수익 난다는 시장에서 난 뭐 하고 있는 짓일까. 이 항공우주 주식만 보면 자괴감이 들어 잠이 오질 않았다. 손실을 입더라도 차라리 보지 않는 게 훨씬 낫겠다 싶어 보지 않다가, 다른 종목으로 조금씩 제대로 벌어보자며 결국 팔아버렸다. 그런데 6개월 동안 지긋지긋하게 횡보하던 주식은 내가 팔고 나서 얼마 뒤 불기둥을 뿜었다.

'우와, 위로 뿜는 건 또 한순간이구나. 그런데 그 순간이 하필이면 왜……'

더 이상의 손절은 없다고 다짐한 이후, 매수에 더 신중해졌다. 마이너스 50퍼센트를 감당하고도 손절하지 않을 수 있다면, 버티고 버텨서 본전이 된 순간에도 조금 더 인내할 수 있었다. 이거다 싶으면 버텨서 어떻게든 왕창 먹고 나온다! 버텨도 될 만한 종목에선 당장은 아무리 힘들어도 버텨서 안 될 건 없다. 결국 시기의 문제였다. 주식도, 내 능력도.

가끔 세상은 너무 크고 내 능력은 너무 보잘것없어 보여서, 내 꿈은 그렇게 크지 않은데 세상은 유독 나한테만은 잔인하다며 시무룩해졌다. 백마 탄 왕자님은 부정하지만 백마 탄 사장님은 간절히 기다리기도 하고, 세상 그렇게 쉬운 거 아니라며 애늙은이 같은 소리를 내뱉으면서도 아직까지도 나는 횡재를 바란다.

너무 더디게 성장해서 마치 횡보하는 것처럼 느껴지는 내 능력 차트에 질릴 대로 지친 날엔 다 때려치우고만 싶다. 망할 놈의 재주는 없으려면 아예 없던가, 있으려면 제대로 있던가. 이도 저도 아닌 애매한 재주가 괜히 기대하게 한다면서 말이다.

그나마 본업처럼 돈이라도 재깍재깍 벌어오면 월급날 작게나마 부푸는 통장을 보며 희망의 우상향 곡선을 그려볼 텐데. '곧' 직장에 사표를 내야 할지도 모른다며 너스레를 떨던 과거의 나를 당장이라도 손절하고 싶었다. 혹시 내가 '엉터리'를 '재주'라고 잘못 읽은 건 아닐까 의심이 들어, 온갖 악몽으로 밤을 샌 뒤 일어나 원고를 읽었다.

⋯나쁘지 않아. 그렇다고 천재적이진 않지만⋯ 나쁘지 않다고!

다들 '지금 핫한' 작가들 뒤꽁무니만 쫓아다니는 건가? '언젠가는 급등할' 나를 왜 알아보지 못할까. 그래, 버텨야지. 버텨서 안 될 건 없다. 기억해야지. 횡보가 없는 급등은 곧 급락이라는 걸. 지금 당장의 능력 미달은 시간과 궁둥이로 버틴다.

그렇게 모두가 잠든 밤, 오늘도 집필실에 앉아 몇 주째 썼다가 지우기를 반복했던 글과 다시 한판을 뜬다. 그리고 가끔 그 난장판에 '어느 날' 상상도 하지 못했던 괴력을 내뿜으며, "이 미친 글 새끼야!!!"라는 괴성과 함께 마지막 엎어치기 한판으로 KO 승부를 내버린다. 그런 식으로 어쩌다 걸려든 글에 우연한 칭찬을 듣기도 하고, 그러다 얼떨결에 계약을 맺기도 했다. 어쩌다 걸려든 그 문장들은 썼다가 지워버린 수많은 문장들이 흘려놓은 흔적들의 총체였는지도 모른다.

만약 당신도 나처럼 우연히 발견한 일거리에 흥미를 느껴 덜컥 달려들었다면 팡파르를 불며 축하하고 싶다. 당신도 물렸을 확률이 높다(배 아프지만 아니면 말고). 생각보다 날고 기는 놈들은 지독하게 많고, 기대보다 내 능력은 나아지질 않는다 해도 어쩌겠나. 이미 제대로 물렸는걸.

이때 우리가 할 수 있는 선택은 둘 중 하나일 것이다. 눈 딱 감고 손절하거나 미친 척 존버하거나.

손절하지 않고 이왕 버텨야 한다면 열심히 말고 즐겁게 버져보는 건 어떨까. 우리 인생도 언젠가는 제대로 급등할 거니까! 때려치울까? 하는 생각에 괴로울 땐, 평소에 먹던 것보다 조금 더 비싼 맥주를 따고 치얼스를 외쳐보자.

아직 내 차례가 오지 않은 것뿐이라고, 치얼스!

그래도 손절하고 싶다면 어쩔 수 없지만, 이봐! 급등 전 매도는 없다고!

버려야 할 욕심일까?

채워야 할 욕구일까?

산다는 건 전문용어로 '땜빵'으로 점철된다고 믿는다. 삶에 대한 내 집착은 모두 가난이 내게 구멍을 냈기 때문이고, 그게 해결될 때까지 그 구멍을 메우는 건 내겐 아주 중요한 일이었다. 그때부터였던 것 같다. 공간욕 유저가 되어 부지런히 내 삶에 그때그때마다 필요한 공간들을 만들면서 살게 된 것이.

가난이 어느 정도 해결이 된 뒤에도 공간만 보면 채워야만 할 것 같은 욕구가 습관이 돼서 집에는 언제나 이런저런 물건이 넘쳐났다. 그런데 그건 공간욕뿐만 아니라 식욕, 패션욕, 관계욕, 학문욕… 등등. 삶이 나를 때리는 어퍼컷에 따라 종류가 달라졌고, 있다가도 사라지고 없다가도 생겨나고 지랄이 풍년이듯 모든 게 제멋대로였다. 나는 그때그때마다 유저 (user)로서 필요한 욕구를 채우는 데 최선을 다했다. 그리고 뭔가를 해보고 싶다는 생각이 들면 제일 먼저 자리 확보와 효율성부터 따지고 들었다.

'아니 그래서 내 자리는 어디야?'

공간에 따라 일의 효율이 격하게 달라지기도 하는 나는 눈치를 보지 않아도 되지 않는 우리 집에서만큼은 아주 대놓고 '내 마음대로'를 외쳤다. 방 2개, 화장실 1개, 넓고 넓은 베란다, 거실, 주방으로 이어진 21평짜리 오래된 아파트를 신혼집으로 결정하며 예비 신랑에게 했던 첫 멘트 역시 이거였다.

"아니, 그래서 내 집필실은 어디로 하지?"

순간 그의 벙찐 눈을 아직도 잊을 수가 없다. 반면에 나는 이 집필실이란 단어가 주는 어감이 아름답고 경이로워서 씰룩거리는 입술을 감추느라 질끈 깨물었다. 집필실만큼은 포기할 수 없었다. 좋은 게 좋은 거니 '가능하면 좋게좋게'가 우리의 신혼 준비 철학이었음에도, 곧 그의 입술이 열리고 험한 말이 마구마구 쏟아질까 봐 마음을 졸였다. 다른 것들은 다 포기해도 이것만큼은 내겐 중요한 문제라 양보할 수 없었다.

그리하여 21평 신혼집 코딱지만 한 거실에 넓고 긴 테이블과 책장을 넣었고, 나는 그곳을 내 멋대로 '집필실'이라고 이름 붙였다. 우리는 2년 동안 '내 집필실'에서 밥을 먹었고, 커피를 마셨고, 창 너머 보이는 풍경을 만끽했으며, 가끔 내 집필실로 사람들을 불러들여 맛있는 식사를 대접했다. 물론 그들은 이 좁은 거실 한가운데에 웬 대형 식탁이냐며 의아했지만, 이곳이 집필실이란 사실은 끝내 알지 못했다. 그렇게 나는 내 집필실에서 남몰래 글을 썼고, 그는 놀았다.

그 뒤로 우리는 두 번의 이사를 더 했고, 그때마다 내가 제일 먼저 챙겼던 곳은 당연히 내 집필실이었다. 그곳에서 누구도 방해하지 않는 이른 새벽에 일어나 두 시간씩 책을 읽고 글을 썼다. 그저 작가 지망생에 불과했지만 내가 우겨댄 덕에 나는 '집필실을 가진 지망생'이 될 수 있었다. 세상의 인정을 받지 못해 혼자 숨어서 글을 쓰던 그때에도, 내 삶에서만큼은 스스로 작가로 대우하겠다는 마음이기도 했다.

나의 '공간욕 부림'에 같이 사는 친구의 허용은, 그가 내어준 공간의 의미를 고민하게 한다. 그는 부지런히 땜빵질을 하고 있는 나를 가만히 내버려둠으로써, 내 삶에 난 구멍을 '하자'가 아닌 일종의 '옵션' 정도로 존중해줬다. 그가 나를 존중해준다는 느낌을 받을 때면 그 깊은 구멍이 조금은 사소한 것처럼 느껴져 나는 더 부지런히 글을 쓸 수 있었다. 그런데 가끔은 그 '욕'이 '욕구'가 아닌 '욕심'처럼 느껴지는 날이 있다.

'이만하면 됐지. 뭘 더 하려고. 내가 뭐라고 그래.'

우연히 유튜브에서 《오늘부터 나는 브랜드가 되기로 했다》 김키미 작가님의 인터뷰를 듣다가 나만 그런 건 아니라는 사실에 위로를 받은 적이 있다. 그녀는 '내가 뭐라고'를 '내가 하면 왜 안 돼?'로 바꾼 뒤에야 땅굴에서 벗어났다고.

맞아. 내가 '뭐'라서 삶에 욕심을 부리는 게 아니라, 그저 내 삶에 한 칸짜리 욕구를 가지고 있는 것뿐이라고. 버려야 할 욕심이 아니라 채워야 할 욕구일 뿐이라고. 뭔가 다시 해보려는 내게 이런 말들을 아무렇지 않게 뱉으며, 스스로 상처를 낼 때마다 가뿐히 받아치기로 했다.

'물론 이만큼도 충분히 감사하지. 그런데 내가 뭐라도 해볼래. 그게 뭐든.'

보란듯이
　　　쉽게 살아버리기

뭔가를 도전한다는 건 달리기와 비슷하다고 생각했다. 달릴
때는 그저 숨을 고르고 가뿐하게 양발을 번갈아 떼는 방법과
모래주머니 따위를 달고 달리는 방법이 있는데, 나는 늘 후자
를 골랐다. 이유는 모르겠다. 늘 대단한 일을 해내는 건 고진
감래의 결과물이라고, 그냥 이루어지는 건 아무나 하는 거고

그런 건 대단한 게 아니라고 생각하며 살았다.

나는 오랫동안 내가 뭔가 대단한 걸 해내는 사람이 될 줄 알았다. 대단한 글을 써내는 사람은 아니었지만 대단한 글을 쓰는 사람이고 싶었다. 고난과 역경을 의지로 버텨내 모두의 축복을 오랫동안 받고 싶었다. 그때는 굳이 어렵게 모래주머니를 덕지덕지 달 필요가 없다는 것, 그리고 박수갈채는 입장 반주가 끝나기 전에 사라진다는 걸 미처 알지 못했다.

결국 현실과 기대의 온도차로 인한 '경기'를 자주 겪었다. 그런 뒤엔 심박수가 가라앉고, 비로소 내 몸의 온도가 얼마나 뜨거운지, 그 뒤엔 진정이란 게 얼마나 안전한지 알게 됐다. 그게 아니고서야 알 길 없는 평온함에 살 떨리게 안도한다는 것도.

그간 떨어진 공모전이 몇 개고, 그로 인해 쓰레기통에 버려진 원고가 얼마나 수북하며, 그나마 에세이로 덜컥 계약이란 행운을 거머쥐었지만 중간에 얼마나 많이 콘셉트가 바뀌었으며, 그로 인해 원고를 발칵 뒤집어엎는 일이 몇 번이나 일어났고, 그리하여 '어렵사리' 쓴 책을 시장에 냈는데 생각보다 박

수 소리가 일찍 그친다는 것도.

지난 내 상상에 의하면 "멋지다!"라던가 "부럽다!"라던가, 그도 아니면 "축하해!"라는 말을 낮이고 밤이고 들어야 했는데, 사람이란 원래 남의 일엔 그리 관심이 없으니 내 상상은 애초에 잘못된 거였다.

그 모든 잘못은 '어렵사리' 해냈기 때문이었다. 그 탓에 축복과 환희가 그토록 오래 지속되어야 보상이 된다고 기대했다. 정말로 나는 무언가를 해낸다는 건 어려운 일이라고 믿었고, 그래야 의미가 있다고 생각해서 가끔 일이 쉽게 풀릴 때면 뭔가 대단히 잘못된 것처럼 느껴졌다. 마음의 무게가 무거워져서 짐짝처럼 느껴지는 그 상태를, 마치 '될 일'에 대한 전조 증상처럼 여겼다.

뒤숭숭한 마음으로 빅터 프랭클 박사의 《삶의 의미를 찾아서》를 읽었다. 저자는 유태인 수용소에서 시간을 버틴 뒤 책에서 이렇게 말한다.

"신경질환 환자가 자기 자신에 대해 웃을 줄 알게 되면

그것은 그가 자신의 문제를 스스로 처리할 수 있는 상태,
아니 어쩌면 병을 치료할 수 있는 상태에 이르렀다는 것
을 의미한다."

내가 앓고 있는 이 '어렵사리병'도 내게 있어서는 일종의
신경질환의 한 종류가 아닐까. 세상에 쉬운 일이란 별것 아닌
일들이고, 모름지기 중요한 일들은 어렵사리 얻어야 진짜라
고 믿으며 살다보니 쓸데없이 진지해지고 굳이 평범한 일도
어렵게 꼬아 생각해왔다. 그러다보니 꿈을 실제보다 부풀리
기도 하고, 그걸 이루기 위한 능력은 보잘것없음으로 만들어
결국 모든 걸 어렵다고 생각해버리는 식이었다.

그로 인해 때론 지나치게 예민해지거나 슬퍼져서 어딘가
로 잠식되고 싶기도 했으니, 신경질환이라고 보는 것도 무리
는 아닐 것 같다. '삶은 그리 녹록하지 않다'라던가 '고생 없이
는 성공도 없다'라는 부모님의 말이 기억에 잔상으로 남은 걸
로 보아 유전병 같기도 하다.

최근까지도 힘들고 어려운 일만 값진 일이라고 나를 몰아

세우며 살아왔다. 그런 나에 대해 한 번 웃어줄 여유도 없이 몰아쳤다. '재미'를 잃어버리고 '의미'만 가득 채운 삶이었으니 쉽게 지치고 실망하고 나를 더 못살게 굴 수밖에 없었던 것이다. 재미는 잃어버리고 그저 의미만 주구장창 찾는 어려운 삶.

카메라 앞에만 서면 어색한 증명사진이 되고야 마는, 이 무시무시한 긴장력을 무너뜨릴 유일한 방법은 오늘 나를 웃기려고 작정한 사람이 되는 것이다. 오늘 내가 아주 널 웃기고야 말겠다고 작정한 것처럼 쉽게 가자, 쉽게.

그 작은 깨달음 뒤부터 보란듯이 '쉽게 살아버리기 프로젝트'에 들어갔다. 뭔가를 먹고 마시고 춤추고 방귀 뀌고, 그러다가 우연히 영감이란 게 머리를 툭 하고 치고 가면 종이에 휘리릭 날려 썼다. 지금의 내가 쉽게 할 수 있는 걸 보란듯이 쉽게 해내고는, 있는 생색 없는 생색 다 끌어다 내 앞에 늘어놓았다. 딱 요 정도라고, 딱 이 정도의 강도로 글을 써보자고.

힘든 일이 값지다며 허언을 했던 건, 만약에 던져질 실패에 대한 일종의 밑밥 같은 것이 아니었을까? 그냥 가볍게 내 일상을 즐겁게 하는 것들을 더 즐기면서 무게를 덜어내는 것도 괜찮은 것 같다. 중요한 것과 어려운 것을 혼동하느라 소중한 걸 힘들게 할 필요는 없으니까.

오늘의 열심과
잘 헤어지는 것

누군가와 연애할 때의 나는 참 예뻤다. 그렇지 않을 때보다 거울 앞에서 더 많은 시간을 보내고 더 많이 웃었다. 그건 어렸기 때문이라기보다 누군가를 사랑할 때 비로소 내 자신과 더 가까워지기 때문인 것 같다.

그리고 연애가 끝이 날 무렵에는 누군가를 사랑했던 나를 어떻게 해야 할지 몰라 떠난다는 그의 어깨에 집짝처럼 그 기억을 버렸다. 연애의 끝이 유독 두렵고 세상 모든 것이 내게서 등 돌린 것 같은 기분마저 들었던 건, 아마도 누군가와 사랑하며 유독 가까워졌던 나조차도 떠나보내야 했기 때문인지도 모른다. 헤어짐으로써 사랑한 날들이 내 젊은 날의 앨범에서 통째로 뜯겨 나간 것이나 다름없었으니까.

글쓰기도 마찬가지였다. 매일 열심히 썼는데 노력에 비해 별것 아닌 것 같은 결과를 마주할 때면 열심히 썼던 날들을 잃어버린 것만 같았다. 정말 그 배신감은 남자친구의 변심만큼이나 지독했다. 실패라는 결과에 충격을 받은 나머지, '열심히 썼는데…' 하는 기억만 남고 쓸 때의 감정은 모두 사라져서 글을 썼던 내 하루하루가, 그리고 내가 온통 사라진 것 같은 기분이 들었다. 아무쪼록 '썼다'는 내 과거를 정리할 시간이 필요했다. 사람뿐만 아니라 이미 지나버린 날들과도 잘 헤어지지 못하면, 나중에 잃어버린 날들을 찾으려 할 테고 결국 찾지 못한 때에 밀려오는 허탈함에 오늘을 허무 속에 아무렇게나 내던질지도 모를 일이니까.

친절한 할머니, 밀라논나는 이별에 대해 이렇게 말했다. 누군가와 헤어질 때는 그가 잘되기를 바라는 마음으로 멋지게 연애를 끝냈으면 좋겠다고.

"Ti amo, 내가 널 사랑해.
Ti voglio bene tanto, 나는 네가 잘되기를 원해."

그 얘기가 뒤통수를 한 대 얻어맞은 것만큼 충격적이었던 건, 이탈리아에서 '대부분'의 남녀들은 그렇게 헤어진다는 것이다. 네가 잘되길 바란다는 그 말에는 상대를 향한 미움이나 집착은커녕 지난날의 나를 얹히지 않았으니 어떤 무게도 없다. 그 말은 떠나는 그뿐만 아니라 그와 함께했던 지난날의 내가, 이별을 마주한 내게 하는 말 같기도 했다. 이제 미련 없이 다가올 삶을 살아가면 된다고.

어쩌면 글 쓰는 삶도 마찬가지 아닐까. 잘되지 않던 날의 기억이 마음속에 오래 묵으면, 버텼던 시간이 지긋지긋하게만 느껴져서 누군가 숨통을 낚아채는 것처럼 심장이 벌렁거렸다. 매 순간 잘 이별하지 못한 기억들이 살다가 지쳐버린 어느 날 의식 위로 떠올라, '결국 실패'란 팻말을 오늘에 꽂아버리는 식이다. 그런 뒤에 오늘은 늘 이렇게 답했다.

'그래, 굳이 그렇게까지 열심히 할 필요는 없어. 어차피…'

나는 도대체 뭘 했나… 하는 생각에 울적해지는 건 아무렇게나 지나가버린 지난날들과 제대로 헤어지지 않았기 때문이었다. 그래서 우리는 누군가와 뿐만 아니라 내 삶과도 잘 만나고, 잘 헤어져야 한다.

글을 쓴다는 것도 결국 거울 대신 노트북 모니터를 놓고 나에 대해 갑론을박을 펼치는 행위다. 어떤 순간의 나를 올려놓고 왜 이렇게 지지리도 못났을까 맹비난을 퍼붓다가, 잠깐 그렇다고 굳이 그렇게까지 해댈 건 없지 않냐며 야박하기 짝이 없는 내면의 자아에게 시퍼런 욕을 날리기도 한다.

자판을 거세게 두드려댄 날엔 삭제할 것들이 많아서 지긋지긋하고, 졸릴 정도로 조용했던 날엔 분량을 뽑지 못해 스트레스를 받는다. 어떤 식으로든 온전히 마음에 드는 글쓰기는 불가능에 가깝고, 매일 쏟아 부은 열심은 그럴듯한 결과조차 없으니 결국 며칠이 지나면 잊힐 게 뻔했다.

밀라논나는 하나의 명언을 더 남겼다. 마음이 떠난 남자친구와의 관계에 대해 고민하는 이들에게.

"유효기간이 지나면 폐기하세요."

그래, 오늘과도 헤어질 때가 필요하지.

오늘도 나는 열심히 살았지만 사실 기대치 이하였다. 그렇다고 계속 기대를 낮추긴 뭔가 억울하다. 대신 내일의 나는 잘해낼지도 모른다는 기대로 살고 싶다. 그냥 오늘과 잘 이별하고 내일 다시 시작하면 된다고. 오늘 내가 어딘가 지독히 부족했던 게 아니라 오늘은 그냥 여기까지라고. 그래도 나는 오늘의 열심이 참 좋았다고 내게 말하고 싶다. 그러면 이미 과거가 되어버린 내가 이렇게 말하는 것 같기도 하다.

'그래, 내일의 너는 더 잘해낼 거야.'

이젠 오늘의 열심이 잊힌대도 괜찮을 것 같다. 열심히 살았지만 마음처럼 되지 않을 땐 그 시간과 잠시 이별 시간을 가져보면 어떨까. 새로운 뭔가를 시작할 마음이 일렁일 때까진 하루가 필요할지 몇 달이 필요할지 알 수 없으니까. 잘 이별한다는 것은 앞으로 잘 풀릴 날들을 위해 남겨놓은 행운 같은 것인지도 모르겠다.

CHAPTER 04.

취향은 없지만
'설렘'은 가득

나에게   조금 더   다정해볼까?

나를 해치지 않는
나다움

이날은 평소보다 더 수월하게 글을 썼다. 온갖 묘사가 가득하고 에너지가 넘치다못해 어쩔 줄 몰라 여기서기 날뛰고 있는 그런 신나는 글을. 내 글을 아껴주는 친구 A는 이날 쓴 글을 이렇게 평가했다.

"솜! 드디어 슬럼프에서 벗어났구나. 그럴 줄 알았어. 이
제야 너답다."

신이 나서 마찬가지로 내 글을 잘 아는 친구 B에게도 보여
줬다. 그랬더니 B가 말했다.

"정말 솔직히 말해야 해?"

잔뜩 긴장한 나는 '나를 아낀다면…'이라고 눈알을 부라리
며 말했고, B는 한참 머뭇거리다가 이렇게 말했다.

"솜은 도대체 글을 왜 이렇게 썼을까… 너답지 않아."

같은 글을 두고 누군가는 이래서 내 글이 좋다며 하트를
날리고, 다른 누군가는 다시는 읽고 싶지 않다는 표정으로 고
개를 저었다. 나다운 게 도대체 뭐냐고 되묻자, A는 똥꼬발랄
하면서 통통 튀는 거랬고, B는 다소 울적하지만 그 짙은 표현

이 나다운 거랬다. 어느 한 놈이라도 반박할 여지가 있으면, 너 이 자식 아직도 날 모르냐며 핏대 높여 면박을 주려고 했는데 모두 맞는 말이었다.

내가 어떤 생각을 했는지 기억할 수 있을 때쯤의 나는 언제나 슬픈 생각을 우선했다. 스트레스 받을 때 다른 친구들은 노래방에 가서 목이 터져라 노래를 불렀지만, 나는 이불을 뒤집어쓰고 울었다. 밖에서 밝고 명랑하기 위해 내놓았던 밝음의 대가로 밤새 슬픔을 채워야 했다. 혼자 있을 때만 슬플 수 있었기에 사실 누구도 내가 슬프다는 걸 몰랐고, 나를 두고 주변 사람들은 이렇게 평가했다.

"솜은 정말 밝은 사람이야. 그래서 참 네가 좋아."

그런 얘기를 들은 뒤엔 더더욱 함부로 사람들 앞에서 슬픈 티를 낼 수 없어서, 혼자 있을 때만 진짜 슬플 수 있었다. 그렇다고 엄마가 나를 지독하게 학대했다거나 내가 슬퍼야만 하는 이유가 있는 건 아니었다. 그러니 모든 아이들이 맑고 밝게 생각하려고 태어나고 자라는 건 아닌지도 모른다. 슬픔을 타고난 아이도 있는 거고, 그게 그렇게 불행한 일은 아니라고, 그리고 그게 나라고 그렇게 생각하며 살았다. 더불어 삶은 어느 정도의 공평함이 존재하는 세계라 그런 우리들이 예민하게 알아차릴 수 있는 영역이 있었는데, 바로 예술의 영역이었다.

그림이나 음악을 만들거나 해석하는 것도, 꽃을 다루는 것도, 글로 풀어내는 것도, 어쩌면 누군가의 한을 풀어내는 무당의 세계도, 모두 예민한 감정을 가진 사람들이 스스로를 다룰 줄 몰라 자신의 최선으로 있는 힘껏 꾸며낸 결과물이 아닐까. 스스로에게서 시작된 울음이 어떤 것을 통해 누군가에게 가닿았을 땐 조금 다른 감정이 되기도 하니까. 나로부터 시작된 슬픔이 누군가에게 글로 닿을 쯤엔 '그럼에도의 가치와 기대'로 읽히기를 바란다.

다만 한없이 슬퍼서 가만히 두면 나 홀로 소멸해버릴지도 모를 연약한 것도 나라서, 나는 언제나 반대쪽 극단을 향해 돌진하기도 한다. 아마도 나는 자주 슬퍼지는 사람이라서 내게 기쁨이란 낯설지만 꼭 필요한 감정이고, 또 나는 다소 부정적인 사람이라서 남들보다 자주 긍정적인 생각을 연습한다. 그리고 글쓰기는 그 양극단의 내가 종이 위에서 만나 벌어지는 매일의 한판 승부였다.

구십까지 산다고 하면 삶의 3분의 1밖에 살지 않은 나에게 '나답다'는 게 있을 수 있을까? 세상에선 자꾸 나다움을 찾으라고 하는데, 나다움이란 거창함보단 지금 내가 하고 싶은 걸 좇아가면 안 될까. 온 세상이 마치 나다움에 중독된 것만 같아 '나다움'이 어려운 나는 어지러울 때가 있다.

나는 이따금씩 슬퍼져서 나의 모든 것을 예민하게 바라보는 내가 좋고, 또다시 종종 기뻐져서 어디로 튈지 모를 발랄함을 지닌 나도 좋다. 슬픔을 다룰 줄 몰라 세상 모든 것을 슬프게 해석하기도 했던 옛날의 나도, 슬픔과 완전히 멀어지려고 슬픔을 존재악으로 밀어냈던 나도 모두 부정할 수 없는 나다.

또 슬픔과 기쁨 양극단을 오가며 시소를 타는 지금의 나도, 어설픈 게 아니라 지금 있는 그대로의 어설픈 나도 모두 나인데, 우리는 종종 나다움이란 말에 지레 겁먹고 그 안에 나를 가두며 살아가고 있는 건 아닐까.

나답지 않다는 말, 나다우려면 나만의 취향이 있어야 한다는 말 앞에 짐짓 불안해질 때면 그때야말로 스스로에게 진심으로 물어야 할 때라고 생각한다. 그것이 나를 지나치게 가두거나 해치지는 않냐고.

'나답지 않다'는 말을 '조금 불편하다'는 말로 바꿔보면 어떨까. 나답지 않다는 말에 나다운 게 뭔지 모르겠어서 혼란스러울 땐, 나는 그냥 조금 불편한 자리에 앉아 있을 뿐이라고 상상해본다. 이 자리는 조금 불편해.

그 불편함을 겪고 나니 생각보다 마음에 들어서 마냥 눌러앉고 싶을 수도 있고, 아니면 새로운 선택을 해볼 수도 있다.

지난 시간의 결과물이 지금의 나인 건 맞지만, 그렇다고 앞으로의 선택도 그런 과거의 결에 맞춰서 해야 할까? 그렇다면 남은 시간이 조금 더 편안하긴 하겠지만 한편으론 심심할 것 같다.

백발이 된 나는 어떤 모습으로 살아가고 있을까? 어떤 감정을 얼마나 생소하게 느끼며 하얀 종이 위에 쏟아내고 있을까? 지금과는 달리 혹시 그때는 완전 힙한 할머니가 되어 온갖 화려한 원색의 악세사리를 주렁주렁 달고 랩하는 듯 신명나는 글을 쓰고 있을 수도 있지 않을까? 아니면 하얀 머리카락을 부드럽게 쓸어넘기며 읽을수록 편안해지는 글을 쓰는 할머니가 되어 있을 수도 있고, 그도 아니면 글이 아닌 다른 재밌는 무기를 장착하고 있을 수도! 뭐가 됐든 상상만으로도 즐겁다.

수십 년 후, 누군가 내게 "도대체 나다움이란 뭔가요?"라고 묻는다면 시무룩한 표정으로 이렇게 말할 것 같다.

"그걸 알면 죽을 때가 된 거 아니겠어요?
진지병은 내려놓고 진지나 한술 뜨자고요.(깔깔)"

내가 생각하는 나다움이란 그냥 지금 나의 기호에 불과하다. 만약 삶이 한쪽 방향으로만 흐른다면 그렇지 않았던 때의 나는 모두 부정되어야만 하니까. 어떤 순간에도 나를 부정하는 일은 있어서는 안 된다. 지금 편안하든 불편하든, 어떤 선택을 하든 지금 내가 맞다고 생각하는 것이라면 괜찮지 않을까?

월요일엔
쪼잔한 기쁨을 나에게

밤새 기억도 나지 않는 꿈을 꾸고 온몸이 꽉 눌린 것 같은 상
태로 일어났다. 월요일이라 더 그런가. 점심을 먹고 진하게 탄
커피가 핏속에 서서히 돌고나서야 이 거대한 몸은 압축을 해
체했다. 그런데 어째, 그사이 오늘 내 감정은 작은 것에도 파
르르 떨 만큼 예민해졌는걸. 한 번 소인배 모드에 올라선 감정

은 웬만해선 대인배 모드로 돌아서지 않는다. 그리고 하필이면 이런 날엔 오만 것들이 내 신경을 건드리기로 작정한 것처럼 굴었다. 사회 물 좀 먹은 지 8년차, 그러니까 티내지 말아야지 하면서 결국 나는 나를 달달 볶았다.

나는 도대체 왜 이렇게 예민할까.
별것도 아닌 것 가지고 제발 좀 쪼잔하게 굴지 말자.

이런 날엔 모든 게 다 나의 신경을 건드리는 기분이었다. 이를 테면, '아까 회의 시간에 너무 인상을 썼나' 하는 생각은 꼬리에 꼬리를 물고, '어쩐지 날 보는 동료의 표정이 별로던데 어제 그 일로 오해한 건 아닐까'에서 잠시 머물다가, '모든 게 엉망진창이야'로 종결되는 식이었다. 그런 날엔 뇌를 잠깐 꺼내 약에 담갔다 빼야 종전이 선언될 것만 같았다.

하필 월요일은 나의 뇌를 구기기로 작정한 것처럼 잡다한 스트레스들을 가득 안겨주는데, 그런 날엔 퇴근 후 잔뜩 구겨진 인상으로 유튜브에서 이런저런 강연을 찾아 헤맸다. 내 감

정의 밭을 헤집어 놓은 놈을 호되게 혼내주기를 바라는 마음
으로.

소파에 기대앉아 맥주 한 캔을 대차게 따면 강연 들을 준
비 완료. 이 짜증나는 마음을 어떻게든 풀어만 주면 금방이라
도 그의 팬을 자처할 수 있을 것 같았다. 그날 강연자는 인지
심리학자 김경일 교수님이었다.

"불안한 시대에는 작고 만만한 것들로 쪼개서 하나씩 '조
지세요.'"

조지라니, 얼마나 경건하고 아름다운 표현인가! 게다가 원
래 날씨나 환경이 제멋대로 굴 때는 조절의 뇌도 잠시 집을
나가서 불안해지는 게 당연하다는 논리도 매우 마음에 들었
다(교수님, 사랑합니다). 내가 소인배라서 그런 게 아니었구나, 괜
히 엄한 사람 잡았네, 원래 그런 거라니 원래대로 돌려놔야지.
작정하고 청소라도 해볼까 하고 팔을 걷던 내게 그는 이어 이
렇게 말했다.

"제발 작정하고 하지 말라고.(네, 그럼요 그럼요!)"

늘 오늘은 월요일이니 어떻게든 잘 버텨보자 작정했던 탓에, 훅 치고 들어오는 스트레스에 자주 이를 갈았다. 가만 생각해보면 오늘 나를 힘들게 했던 일은 대단히 힘든 일이라기보다 무엇이든 힘들게 받아들일 수 있는 월요일이라는 데 더 무게가 있었다. '지난한 평일의 시작이니까' 적어도 오늘만큼은 잘 풀려야 한다는 다짐이 나를 더 힘들게 했다.

그건 마치 한 주의 시작부터 엉켜버리면 나머지는 엎친 데 덮친 격으로 꼬일 거란 두려움이기도 했다. 지독하게 안 풀림으로 짓눌리거나 혹은 밤과 주말을 불태워 복수하거나.

자, 이제 작정하지 말고 그냥 지나치게 쪼잔한 것들부터 조져야겠군. 오늘 난 그렇게 생겨먹은 소인배니까. 소인배답게 하자고!

한 주가 7일이나 되는데 굳이 오늘 청소를 해서 나를 힘들게 할 필요는 없고, 완성이란 걸 할 수 있는 날이 7일이나 되는데 마치 오늘이 마지막인 것처럼 독촉할 필요도 없다. 당장 오늘 다 해내겠다고 마음먹은 일들을 잠시 내려놓고 나니, 월요일의 스트레스가 마치 얼룩덜룩한 배경처럼 느껴졌다. 찝찝하고 불편했던 건 이 배경 때문이었구나. 매일의 스트레스가 그저 배경일 수만 있다면 그렇게 좌절할 것도 분노할 것도 없었다. 그냥 배경일 뿐이니까.

한 주의 시작인데 못해낸 일이 산더미가 아니라 겨우 월요일이니까 아직 미해결, 월요일부터 배달음식이 아니라 월요일이니까 저녁은 배달, 여전히 집구석은 개판이 아니라 어쩌다보니 오늘은 방치인 걸로 생각하는 것이다.

뭘 제대로 해내지 못한 게 아니라 오늘은 그런 날이니까 내 나름에선 쪼잔하게 조진 거라고, 그거면 되었다고, 오늘은 월요일이니까 이 정도면 그렇게 최악은 아니라고.

잔뜩 부른 배를 쓰다듬으며 침대에 누워 생각했다.

그래도 오늘 참 힘들긴 했어.

그러다 또 그런 생각이 들었다. 월요일이 힘들 수밖에 없는 건 어제 너무 즐거워서가 아니라 다가올 한 주의 액땜이었다고. 작정하고 잘해내겠다는 다짐을 내려놓고, 소인배의 마음으로 하나둘 쪼잔하게 조지다보면 또 사사로이 즐거울 수 있을 것 같다고.

그렇게 일상을 덮을 때의 마음이 사사로이 기쁨일 수 있다면, 그런 하루가 겹쳐진 기억은 그날의 에필로그에 '별일 없었던 날들의 기록'이라 적게 될지도.

시작부터 지쳐버린 월요일엔 자질구레한 일상들로 기쁨을 채워보는 것도 좋을 것 같다. 그리고 기억하자. 쪼잔하게 조지기.

제법 빵빵한
　　　　날들을 응원해

엄마와 나의 티타임엔 대개 모닝빵이 함께했다. 밥을 먹은 뒤
에도 '빵 이거 조금 더 먹는 거 가지고는 그렇게 살 안 쪄'라고
밥 먹듯이, 아니 빵 먹듯이 말하고는 함께 빵을 뜯었다. 모닝
빵 껍질을 슬쩍 벗겨 뜯어 먹는 건, 맛도 맛이지만 재미있다.
그리하여 드러난 속살을 얇게 뜯어 혀로 감으면 쏴르르 하고

녹아서 그 감칠맛에 애간장이 녹고, 게다가 뜨끈한 믹스커피에 온몸을 던졌다 나온 빵을 왕- 하고 물었을 때 팡- 하고 터지며 퍼지는 커피즙은 입 안에서 황홀경을 만든다. 정신 놓고 왕과 팡을 터뜨리다보면 어느새 빵 한 봉지는 순삭이고, 남은 건 뺏길세라 손에 쥔 한 개가 전부.

이쯤 되면 바닥을 드러내는 믹스커피에 우유를 가득 붓고, 마지막 한 개 남은 빵을 뜯어 은근슬쩍 담갔다 입에 넣으면 아뿔싸, 왜 진즉에 이렇게 먹지 않았을까 하는 한탄이 들어 빵집으로 다시 달려가고 싶다.

그냥 운동 삼아 다녀올까? 하는 마음으로 일어나려는 찰나, 꽉 조이는 버클 위로 출렁이는 뱃살이 마치 '그러기엔 너무 먹었네'라고 말해주는 것 같아 입맛을 다시는 것으로 끝나는 모닝빵 티타임. 그날도 역시나 둘이서 한 봉지를 순삭한 뒤 엄마에게 물었다.

"엄마는 도대체 언제부터 모닝빵 덕후가 됐어?"

"옛날에 우리 엄마가 나라에서 공급받은 밀가루에 탈지분유, 이스트, 소금 넣어서 만들어준 그 모닝빵 맛을 아직도 잊지 못해. 아랫목에 두면 밤새 이~만큼이나 부풀어가지고, 둘레둘레 앉아서 동글동글 빚는 거지. 아침에 엄마가 아궁이에 불 때가지고 가마솥에 쪄주면, 그거 하나 먹겠다고 여덟 남매가 부엌문에 달라붙어 있는 거야. 고소한 게 얼마나 맛있었는데…….”

“그러니까, 모닝빵이라기보단 모닝찐빵이네?”

제주 시골집 부엌에서 발효되며 부푸는 반죽 앞에 모였을 여덟 남매를 상상했다. 기다리다 지친 큰삼촌의 방귀 소리에 너도나도 입과 코를 틀어막고 마당으로 도망가며 괴성과 야유와 웃음을 흘려놓았을 그 반죽으로 만든 모닝빵을. 입 안에서 침과 섞여 오직 밀가루와 탈지분유의 단맛만으로 어린 엄마의 아침을 홀려버린 그 모닝찐빵이 갑자기 당장 먹고 싶어졌다.

마트에 가도, 빵집에 가도, 길거리를 걸어도 온통 모닝빵과 찐빵만 보였다. 모닝빵 반죽을 가마솥에 쪄낸 모닝찐빵은 맛이 어떻게 다를까? 모닝빵도 침 마를 새 없이 맛있는데, 그 반죽으로 쪄낸 찐빵은 얼마나 촉촉하고 환상적일까…!

금요일 늦은 밤, 아이를 재우고 버터 대신 식용유를, 우유 대신 물과 탈지분유, 소금과 이스트를 넣어 부지런히 반죽을 치댔다. 그리고 보일러를 빵빵하게 틀어서 뜨끈한 작은 방에 완성된 반죽을 두고 나오며 엄마에게 문자했다. 내일 아침에 모닝찐빵 드시러 오시라고.

다음 날 눈을 뜨자마자 작은 방으로 달려갔다. 그 옆에 누워 탱글탱글하고 매끈매끈한 하얗게 부풀어오른 반죽을 보니, 그림책 《구름빵》 속 이야기처럼 이걸 한 입 떼어 먹으면 구름처럼 하늘을 날 수 있을 것 같은 기분이 들었다.

지난 며칠 동안 나를 앓게 했던 현실 따위 저 아래에 두고, 마음앓이 하느라 종종 내뱉었던 탄식과 한숨들로 구멍이 뻥! 뻥! 뚫려도 잔뜩 부풀어오른 채로 마냥 두둥실 떠다닐 수 있을 것만 같았다. 동시에 지금 나는 마냥 들뜬 게 아니라, 딱 알맞게 부풀어서 그저 그런 현실 위를 부유하고 있을 뿐이라는 생각과 함께.

잔뜩 발효되어 빵빵하게 부푼 반죽을 조금씩 떼어 기포를 터뜨리고 둥글게 굴리며 생각했다. 어쩌면 살려고 뱉었던 한숨들이, 그저 발효되느라 내 안에서 터졌던 공기 방울에 불과했는지도 모른다고. 그러는 사이 반죽은 제법 모양을 갖췄고 가마솥의 물은 보글보글 끓었다. 밥그릇 위에 올려둔 접시에 면보를 깔고 반죽 세 개를 놓고 뚜껑을 덮으면 끝.

15분, 반죽이 가마솥 안에서 알맞게 쪄지는 시간.

알람 소리에 우리는 가마솥 앞으로 달려갔다. 뚜껑을 열자 가마솥 안을 가득 채웠던 하얀 김이 빠르게 흩어지고, 솥 안에는 넣었던 때보다 더 부푼 찐빵이 촉촉하고 눈부시게 하얀 자태를 드러냈다. 혹시나 모양이 꺼질까, 조심스레 꺼낸 찐빵을 뜯어 바로 입에 넣었다.

그런데 그 모닝찐빵에는 보들보들한 식감 사이로 기분 좋게 녹아 흘러야 할 단맛이 없었다. 그야말로 아무런 맛이 없어서 야들야들한 식감만 입 안에서 보들보들 엉켜 추는 아무 맛도 나지 않는 무맛!

우리는 찐빵을 씹고 또 씹으며 설탕이 얼마나 중요한지에 대해 또 한바탕 수다를 떨었다. 그런데 아무 맛도 없는 다시는 궁금하지 않을 것 같았던 그 찐빵이, 깜찍할 정도로 빨리 찾아오는 월요일의 한낮에 다시 먹고 싶어지는 것이 아닌가. 그것도 오만가지 스트레스로 화끈하게 매콤달짝하던 한낮에.

"있잖아, 나 배고파."
"하늘을 날아다녀서 그럴 거야. 우리, 구름빵 하나씩 더 먹을까?"

《구름빵》 백희나

그림책에서 어린 남매는 비가 많이 내리는 날, 꽉 막힌 출근길 버스 안에 갇힌 아버지에게 구름빵 하나를 건네고 집으로 다시 날아온다. 그리고는 어느새 비가 그친 지붕 위에 앉아 배가 고프다며 구름빵 하나를 더 먹는다.

그날 아이와 함께 침대에 누워 그림책을 읽으며 생각했다. 시간이 좀 지나 누군가 찐빵 이야기를 꺼내면 나는 스트레스가 폭발하던 어느 날, 엄마와 함께 만들어 먹었던 모닝찐빵을 '최애'라고 말할 거라고. 정말로 먹을 때는 자꾸만 고개를 기 웃거렸던 그 맛이 며칠이 지나자 괜찮았음으로 기억되고 침 이 차오르는 걸 보니, 그 한때의 사실보다 중요한 건 내가 어 떻게 기억하느냐였다.

하긴 생각해보면 지금까지 모든 조건들이 완벽했던 날들 은 없었다. 늘 어딘가 어설프고 엉성했다. 바득바득 열심히 준 비한 날에는 외부 상황이 틀어지기 일쑤였고, 그러다보니 허 둥대다가 늘 2프로 부족하게 마무리된 날들의 연속이었다. 그 래도 참 열심이었고, 완벽하진 않아도 그런대로 충분한 날들 이었다.

한해를 마무리하는 지금 나는 한숨을 너무 자주 뱉어 제법 빵빵해진 모습이지만, 후회라는 페이지를 무수히 넘긴 그 많 은 날들을 이제는 '응원'이라 고쳐 읽을 용기를 내볼 수 있을 것 같다.

나는 종종 점을 보러 간다. '너의 타고난 팔자가 이러하니 너는 이렇게 살 것이다'라고 단정적으로 말하는 사주는 보지 않아도 타로점은 챙겨보는 편이다. 재미삼아라기엔 매우 진지하게, 그렇다고 맹신한다기엔 너무 허술하게.

지난번엔 '이런 망할, 되는 게 없네'라고 나오다가도, 몇 달

뒤 다시 보면 '손을 대는 것마다 잘된다'며 축배를 들고 있는 그 그림들의 염치 없음이 마음에 들었다. 웬만해선 변하지 않는 사람의 팔자는 믿지 않지만, 오늘의 내가 끌어들이는 운의 기운은 믿기 때문이기도 했다. 운이라는 건 원래 변하는 거고, 그건 오늘의 내가 만드는 거니까 오늘 내가 어떤 마음가짐으로 어떻게 행동하느냐에 따라 며칠 뒤의 내일이 아무렇지 않게 바뀌는 건 지극히 정상 같았다.

요즘 도통 풀리는 게 없다며 힘들어하는 친구를 데리고 점을 보러 갔다. 물론 몇 개월 뒤엔 내가 언제 그랬냐는 듯 아무렇지 않게 점괘를 바꿀 수도 있으니, 이게 절대적 내 미래라고 보진 말라고 미리 조언도 했다.

누구 먼저 보겠냐는 말에 번쩍 내가 먼저 손을 들고 싶었지만 우선은 친구를 가리켰다. 친구는 반원으로 주루룩 깔린 카드들 위로 손가락을 이리저리 헤매다가 열두 장을 뽑았다. 친구의 걱정과는 달리 친구의 점괘는 정말 좋았다. 친구의 퇴사 시기에 맞물려선 뭐든 해도 좋다는 점괘가 나왔고, 실업 급여를 받는 몇 개월 동안은 운이 좋으니 조금 더 몰입해서 뭔가 도전해보라고 했다. 그리고 실업 급여가 딱 끝나는 그 시기에는 이직운이 들어와 있었다. 친구가 쿵-하고 물었던 것에 짝-하고 맞아떨어지는 점괘에 친구도 기쁜 기색을 감추지 못했다.

좋아, 이제 내 점괘를 보자고.

점술사   아….

나   지금까지 본 카드들 중 기분 나쁜 것만 다 모여 있
         네요. 세상에….

어떻게 된 게 뽑은 카드 그림이 죄다 칼에 꽂히거나(하나도 아플 텐데 여러 개가…) 헤매거나 그런 식이었다. 점술사는 몇 번이나 헛기침을 하고 커피를 홀짝이며 목을 축인 뒤에야 해석을 시작했다. 본인(나)은 자신의 능력을 제대로 펼쳐보려고 하지만 아직 그럴 때도 아니고, 도와주는 사람도 없고, 상황도 여의치 않고(망할 놈의 점괘!). 그런데 딱 본인만 자기 능력에 대해 과신하고 있다고, 점술사는 한참을 망설이다가 말을 이었다.

하나 마나라니, 지금껏 보았던 점괘 중 가장 어처구니가 없

는 점괘였다. 차라리 'THE DEATH' 카드가 나오지. 죽음은 새

로운 시작이기도 하니까, 그럼 얼씨구나 하며 새로운 걸 찾아

한동안 즐거울 텐데. 일 벌이기 좋아하고 새로운 도전을 명약

처럼 여기는 내게 하나 마나라니, 아예 시작도 하지 말란 건가

싶어 무척 시무룩해졌다.

최악의 콜라보였던 11장의 카드들은 일단 버려두고, 밝고

긍정적인 카드는 딱 한 장 'THE WORLD' 카드였다. 양손에 지

팡이를 하나씩 쥔 여인이 월계관 안에서 웃고 있는 모습. 그리

고 그 곁을 사람, 독수리, 황소, 사자가 지키고 있는 이 카드는

내가 가장 좋아하는 카드이기도 했다.

카드 자체가 가지고 있는 해석은 마법의 힘, 신비로움, 삶

의 순환, 완성… 좋은 것들의 안정적인 조합과 같은 카드였다.

우여곡절이 많지만 결국엔 탄탄대로를 걷는 거야! 자, 해석을

해달라! 기대에 부푼 눈으로 점술사를 쳐다봤다.

"이 카드가 다른 자리에 나왔다면 좋았겠지만, 모든 상황의 카드들이 부정적인 카드가 나왔는데 나의 내면을 가리키는 자리에 'THE WORLD' 카드가 나왔다는 건, 어쩌면 나만 그렇게 생각한다는 것일 수도 있어요. 집착, 고집. 조금 더 이성적이고 합리적인 생각으로 나를 돌이켜보는 시간이 필요할 수도 있을 것 같아요."

점집을 나오며 어떤 반응을 보여야 할지 어쩔 줄 몰라 하는 친구에게 말했다.

나   있잖아… 하나 마나래.
친구   아니야. 점이 잘못 나온 걸 거야. 시간이 조금 지난
       뒤 다시 보라잖아. 잘될 거야!
나   그러니까! 잘될 거란 거지!
친구   응?

나는 이번 타로점이 꽤 마음에 들었다. 주변 상황이야 어찌되었든 내가 믿을 수 있는 건 오직 나 하나. 그런 나를 상징하는 카드가 '나에 대한 충만한 믿음'이니까 얼마든지 상황은 바뀔 수도 있다는 생각이 들었다. 다만 그 상황이 '하나 마나'라니까…….

나   하나 마나라면, 어차피 나는 할 거니까 이왕이면 내가 하고 싶은 걸 다해보면 되겠네! 그러다보면 세상도 감동해서 불호가 아닌 호 쪽으로 방향을 틀지도 모르는 거잖아. 원래 세상은 제멋대로니까. 무엇보다 나의 내면이 완전한 내 편이라잖아! 그럼 됐지.

친구는 입을 쩌억 벌린 채로 고개를 도리도리 흔들더니 물개 박수를 쳤다. 정말로 다가올 한 해가 기대되기 시작했다. '나는 잘할 수 있을 거야. 나는 충분한 능력과 에너지가 있어. 나는 결국 기쁨에 가득 찰 거야'라는 믿음이 내 안에 가득 차 있다면, 하나 마나라며 겁주는 인생에 제대로 반기를 들어볼 수도 있지 않을까. 타로카드 그림처럼 양손에 쥔 마법 지팡이로! 오히려 외부 상황은 좋은데 나의 내면이 부정적인 것보다, 나는 이 상황이 훨씬 마음에 들었다.

무엇보다 그날 이후로 몸과 마음에 잔뜩 힘이 들어갈 때면 '하나 마나'라는 네 글자가 떠올랐다. 어쩐지 글이 잘 풀리지 않는 날에도 하나 마나인데(결국엔 잘될 건데) 뭘 그렇게까지 힘을 주나. 이렇게 혼자 쩔쩔매는 걱정도 하나 마나(내일은 잘되겠지).

오늘 어떻게 해보려고 아등바등 스트레스 받을 바에야 그냥 오늘 감당할 수 있는 만큼만 최선을 다하는 거야. 지금 당장 놀랍도록 짜잔 하고 변하는 건 없어. 그러니까 하나 마나. 불안과 집착, 걱정 따위는 잠시 밀어두고 오늘 해야 할 걸 즐겁게 하는 거야. 딱 거기까지!

협조적이지 않은 상황이 지금 당장의 내 마음을 겁주더라도, 그런 말 뒤에 '그래서 잘될 거야'라는 말을 덧붙일 수만 있다면 기가 죽은 나머지 우물쭈물하다가 해야 할 것마저 놓쳐버리는 일은 없지 않을까. 사실은 하나 마나래서 힘을 빼고 한 덕에 더 잘될지도.

좋아하는 걸
　　　　조금 더 좋아하는 마음

일과 내 삶을 잠시나마 분리하기 위해 일요일만큼은 집을 벗
어나 어디든 다녀보기로 결심했다. 그러다 생각한 게 캠핑이
었는데, 거기서 먹고 자는 것까지는 욕심내지 않더라도 먹고
쉬다 오는 것쯤은 해보고 싶었다. 그런데 초보가 바라본 캠핑
세상은 용품의 세상이란 말과 동격으로 느껴질 만큼 다양했

다. 어디서부터 뭘 어떻게 사야 할지 몰라 결국 두 명의 캠핑족에게 연락했다.

"캠핑? 일단 빌려 써보고 너한테 맞는 걸 사."

A는 자본주의와 효율의 완성품인 버너테이블에서부터 의자까지 첫 캠핑이라면 필요한 모든 것들의 리스트를 말하며 일단 써보고 사라며 강조했다. 내가 빌리는 사람이라는 사실만 지운다면 흡사 막 영업을 시작한 전화판매원의 모습과 다를 바 없어서 자꾸만 웃음이 터졌다.

"어머, 네가 캠핑? 웬일이야. 너무 잘 생각했다!"

또 다른 캠핑족인 B는 마치 내가 첫 책을 출판했던 때만큼이나 나를 축하해줬다. 캠핑을 하겠다는 일이 이렇게나 축하받을 일인가 의아했다. 그리고 B도 역시 '더 필요한 것들'을 물으며 자기 것을 빌려주겠다며 가지러 오라고 했다. 캠핑 한

번 다녀오고 싶었을 뿐인데 친구들의 전화를 끊자마자 서둘러 캠핑의 세계로 발을 들여놓고 싶은 충동이 일었다. 친절하고 다정한 세계, 도대체 그 세계가 얼마나 즐겁기에 이렇게까지 서둘러 축복을 내릴 수 있는 걸까 궁금해졌다.

좋아하는 것들의 세계는 어떠한 다정함을 소복하게 품고 있다. 내가 어떤 것을 좋아하면 그 사이 그것이 내게 서서히 스며들 듯이 어우러진다. 노랑을 좋아하는 내 친구는 정말로 사랑스럽고, 술을 좋아하는 내 친구는 그것과 함께하는 순간 호탕해진다. 세상 모든 귀여운 것들을 좋아하는 내 친구는 그런 그녀의 모습이 얼마나 귀여운지 모른다. 예쁜 명품을 좋아하는 내 친구는 힙하고, 맛있는 음식을 좋아하는 내 친구는 그와 함께 있으면 어딘가 편안해진다. 책을 좋아하는 내 친구는 언제나 이야기로 똘똘 뭉쳐 있고, 식물을 좋아하는 내 친구는 굉장히 섬세해서 그와 함께 있으면 조금 더 안전해진다. 물론 캠핑을 좋아하는 내 친구는 친절하고 에너지가 넘쳐서 그의 세계로 물든다는 상상만으로도 즐거워진다.

나와 가까워진 것들은 어떤 힘을 가지고 있는 것 같다. 그

건 내가 그걸 지극히 좋아함으로써 내 삶이 그쪽으로 기울어 졌기 때문이고, 좋아하는 곳으로의 편향은 그 순간만큼이라도 세상이 내게 조금 더 유리한 쪽으로 돌고 있다는 느낌을 선물한다. 잠깐의 착각일지라도 그게 너무도 좋아서, 우리는 종종 삶에서 그 부분을 꺼내어 취한다.

어서 빨리 그 멋진 세계를 구경하고 싶어서 캠핑용품의 메카라고 불리는 매장에 들렀다. 매장에 들어서자 바로 마주한 건 캠핑의자와 텐트가 아닌 여러 재질의 수저와 식기류였다. '막 싸진 않지만 걱정한 것만큼 비싸진 않네'가 캠핑용품에 대해 내가 마주한 첫 소감이었다.

아마도 사장님은 그걸 노렸는지도 모른다. '괜찮은데?'에서 시작해 안쪽으로 들어가면 점점 가격이 올라가고, 한층 더 올라가면 고가의 텐트들이 전시되어 있다. 정신 놓고 이것도 사야 하고 저것도 사야 한다는 돌림노래를 부르다보면, 노래의 끝은 '이건 다음에'라는 아쉬움으로 정리된다. 이것도 저것도 다 살 것 같은 마음으로 들어섰다가 겨우 의자 두 개만 사게 되자, 아쉬움에 처음 봤던 식기류들을 만지작거리다 하나

둘 더 집었다.

'그저 지금 당장 필요가 없을 뿐이지, 쓸모가 없는 건 없다.'

이 문장에 밑줄을 긋고 종종 내 삶에 대한 합리화로 돌려
막기를 해야겠다는 생각이 들었다. 그걸 조금 더 사서 즐긴다
고 해서 예쁜 쓰레기를 쟁여두는 사람은 아니라고, 잔뜩 들뜬
표정으로 트렁크에 가득 물건들을 싣는 사람들을 지켜보며
'굳이 저것까지'라며 내둘렀던 혀를 입 안에 영원토록 가두기
로 했다.

지극히 좋아하는 것들을 마음놓고 좋아할 때 내 자신에게
조금 더 관대해진다는 걸 나는 왜 이제야 알았을까. 더불어 사
소한 노력이 당장의 삶에 대단한 유익을 주지 못한다는 건, 당
장의 필요충분조건을 만족시키지 못한다는 것이지 그게 쓸모
없는 게 아니라는 것도. 쓸모를 영어로 쓰면 'use', 사용할 때
가 되지 않은 것뿐 언젠가 필요충분조건에 들어맞는 날엔 지
금 몸짓이 결코 헛짓은 아닐 텐데.

어떤 세계를 지극히 좋아하게 되면, 딱 그만큼 내가 살고 있는 삶을 더 다정하게 돌보게 된다. 그러니 삶이 어딘가 허전하고 불안하다면 어떤 것을 좋아할 적기가 다가왔다는 신호가 아닐까. 그게 마음놓고 즐길 일이든, 마음을 열고 준비할 일이든, 혹은 마음을 닫고 가꿀 일이든, 그게 뭐가 되었든 나를 위해 나를 가꿔야 할 가장 좋은 때는 언제나 지금 당장이다.

나에게
조금 더 다정해볼까?

어떤 질타에도 상처받지 않는 갑옷이 하나 있다면 얼마나 좋을까. 이름하여 울트라 슈퍼 수트. 블루투스 스피커가 내장된 카시트처럼, 주변에서 상처 주는 말들이 들려올 때마다 내가 좋아하는 음악을 틀어주는 울트라 슈퍼 수트. 그럼 아무리 뭐라고 해도 표정 변화 없이 '네? 네에, 네?'만 반복하는 내 반응에 프로간섭러들도 지쳐서 말을 관둘 텐데. 그리고 어느 날 맥이 빠져 걷는 걸음이 유난히 무겁게 느껴질 땐 초강력 부스터 엔진을 작동시키는 거다. 자, 누가 뭐래도 나는 앞으로 간다! 슝!

어떤 조언들은 말끝에 날을 세우고 있어서 두고두고 나를 아프게 했다. 그 대상이 가까운 사람일수록 상처는 쉽게 회복되지 않았다.

"고작 글 때문에 겨우 자리잡은 직장을 관둔다고 하다니."

퇴사를 준비하며 이런 말을 참 많이 들었다. 그다음으로 많이 들은 말은 "그래도 도전이란 걸 하고 아직 젊다"였다. 물론 "멋지다"는 말도 많이 들었다. 친하지 않은 사람들은 대개 멋지다는 말로 어정쩡한 공백을 메우려고 했다. 그런데 왠지 그들은 나와 헤어지고 돌아서면, 내 소중한 꿈을 그저 그런 허무맹랑한 꿈타령쯤으로 이름 붙일 것 같다. 이유는 모르겠는데 왠지 그럴 것 같았다. 그리고 그런 생각을 하는 나에게 깜짝 놀랐다. 어쩌면 나 스스로도 그렇게 생각하는지도 모른다는 생각에 반박할 말이 마땅히 떠오르지 않아서.

누군가의 말에서 불필요한 포장은 신경 쓰지 않고, 그 안의 알맹이만 쏙 빼서 해석하는 능력은 언제나 상처를 받은 뒤에야 작동됐다. 도전도 좋지만 바이러스 시국에 조금 더 안전하게 살기를 바라는 마음에서 건넨 말이란 건 알지만, 이미 상처는 상처대로 받았다. 이럴 때면 정말로 갑옷이 필요하다. 나만의 갑옷!

언젠가 팟캐스트 〈행복하십쑈〉에서 선희 언니는 사회생활에서 받은 상처로 힘들어하는 사연자에게 이렇게 말했다.

"이럴 줄 알고 부모님이 그렇게나 정성들여 키운 거예요. 우리들 부모님이 금이야 옥이야 정성껏 키워주신 건 사회에 나와서 덜 다치라고 만들어준 갑옷이에요. 만약 그 갑옷이 없다면 이제라도 나를 위해 내 손으로 만들어주면 되고요."

어린 시절, 노력만큼의 결과가 나오지 않았을 때도 엄마는 화끈하게 나를 치켜세우곤 했다. 가끔은 그 치켜세움에 질리고 물려서 무진장 화가 날 때도 많았다. 그래도 내가 세상에서 제일 잘난 줄 아는 엄마 덕에 밖에서는 치이고 자존심이 팍 구겨지는 날에도, 집에서는 묘한 승리감을 느꼈다. 하지만 여기까지.

생각보다 내 능력은 작고 세상엔 잘난 사람이 많아서 아무리 열심히 살아내도 터벅터벅 집으로 돌아올 때면 이상하게 삶의 구석 어디쯤으로 밀려나는 기분이었다. 그럭저럭 잘해내다가도 정신 차리면 구석으로의 회귀 본능에 소스라치게 놀라 움츠러드는 일들의 반복.

게다가 퇴사 이야기를 꺼내는 내게 시답잖은 재주가 안정적인 삶을 크게 그르친다며 화를 내는 엄마를 마주했을 때는 너무 놀라 어디로든지 숨고 싶었다. 아, 세상은 나를 그렇게 보고 있구나. 상처받고 싶지 않은데 겁에 질려 뒷걸음질치는 나를 알아차릴 때면, 겁도 없이 전진했던 길이 얼마나 무모했는지 깨닫는다. 여러모로 발가벗겨진 기분이었다.

어쩐지 '내가 이 세상 최고'라던 그 갑옷은 진짜 세계에 나와 보니 통하지 않았다. 사실 시험이란 걸 처음 경험한 열네 살쯤 대충 눈치챘지만, 장작 19년이나 모른 척하며 살았다.

그리고 중요한 걸 이제야 알았다. 100세 시대에 딱 맞는 안성맞춤형 갑옷 따위는 없다는 걸. 갱신할 갑옷도 얼마나 갈지는 모르겠지만, 누군가 던진 쓴소리에 나를 보호하기는커녕 해치려 든다면 유효기간이 끝난 거라는 것도.

휴대폰 전화목록에서 내게 "멋지다"고 응원해준 사람들 중, 내 꿈에 대해 잘 알고 진심으로 격려해줬던 사람들에게 무작정 전화를 걸었다.

나   갑자기 미안한데, 내가 지난번에 아직 확정은 아니지만 퇴사하고 글쓰기에 조금 더 전념해볼 거라고 했잖아. 그때 네가 나한테 뭐라고 했지?

친구 멋지다고 했지.

나　이유가 뭐야?

친구들은 여러 가지 이유를 늘어놓았다.

A는 "너는 뭐든 하겠다고 마음먹으면 해내는 사람이니까"
라고 얘기했고, B는 "네가 정말로 원하는 일이니까"라고 얘기
했으며, C는 "멋지니까!"라고 말했다. 그래, 이유를 물었어야
했어. 나는 조금 더 용기를 내어 친구들에게 나의 불안함을 털
어놓았다.

나　근데 사실 나 조금 불안하기도 해.
친구　나도 그래. 근데 괜찮아. 다 그러니까.

100퍼센트 보장되지 않는 삶을 두고 불안하지 않다면 그
것이야말로 어딘가 불안한 삶 아닐까. 나는 한동안 칭찬 바구
니를 들고 다니는 것처럼 보는 사람마다 칭찬만 해달라고 했
다. "너는 열심히 해" 같은 두루뭉술한 말들에도 "맞아. 나는
그래"라는 말로 접수 완료. 가끔 깜짝 놀랄 정도로 정성 가득

한 칭찬을 마주할 때면 너무 낯설어서 "아이고, 내가 뭘"이라며 손사래치고 싶었지만, 그런 말들을 집에 놔두고 온 사람처럼 굴려고 노력했다.

반박하고 싶어 입술이 삐죽빼죽 난리 부르스를 쳤지만 우선은 "맞아. 나는 그래"로 접수 완료. 칭찬을 들은 뒤엔 주머니에서 고맙다고 적은 초콜릿을 선물하는 것도 잊지 않았다. 칭찬값을 손에 쥔 친구들은 기분이 좋은지 "뭘 이런 걸"이라고 말하며 웃었고, 그러면 나도 덩달아 기분이 좋아졌다. 칭찬 어벤저스와 함께하니 더 없이 든든했고, 새로운 갑옷을 계속 만들 수 있을 것 같았다.

칭찬을 들을 때마다 어딘가 가렵고 몸 둘 바를 몰라 온몸의 털이 비쭉 서는 것 같은 기분이 드는 건 여전하다. 하지만 점점 더 나라는 사람이 따뜻해지는 걸 느낀다. 그동안 바쁘게 살기만 했지 내게 진심으로 다정하지는 못했다. 작은 칭찬 한마디에도 어쩔 줄 몰라서 쩔쩔맬 만큼.

핏대 높여 열심히 살다가 어쩐지 불안해서 이러쿵저러쿵 남들의 조언에 휩쓸려 스스로를 탓하게 되는 어느 날, 그래서 돌아서면 나도 모르게 한숨만 푹 쉬는 어느 날, 유독 그런 날이 더 많아지는 날엔, 주변에서 칭찬 어벤저스를 찾아보면 어떨까. 그래서 언젠가 이상하게 조금 더 살 만해졌다는 소식이 들리면 좋겠다. 그리고 그 소식을 나도 건넬 수 있으면 좋겠다.

우리의 무거운 삶이 조금 더 가벼워지기를.

우리의 힘든 월요일이 조금 더 즐거워지기를.

누구에게나 애썼던 당신이 자신에게 더 다정해지기를.

결국 당신은 잘될 사람

'자신을 믿고 하고 싶은 걸 하면서 재미나게 살자'라는 내용을 담은 에세이집을 내겠다고 다짐하고 1년 반의 시간이 지났다. 원고가 차곡차곡 쌓이는 동안 처음의 가제였던 '못 먹어도 GO!'는 '못 먹어도 GO! 안 되면 엎GO!'가 되었고, 원고의 80퍼센트 이상을 채웠을 때 정말로 엎었다. 원고의 반 이상을 버렸고 제목뿐만 아니라 목차까지 다 갈아엎었으니 새로 썼다고 해도 틀린 말은 아니다.

서로의 글에 헐뜯고 달래고를 아끼지 않는 친절한 글친구는 이런 나의 작업 과정을 두고 '징글징글하다'라고 표현했고,

나는 그 말에 격하게 고개를 끄덕였다.

"이번 책은 언제 나오니"라던 가족과 친구들의 호기심이 "네 책이 팔리긴 하니?"라는 의문으로 번지고, 참다못한 엄마는 이제라도 정신 차리고(글 쓰는 걸 때려치우고) 본래의 생계에 집중하라는 단호한 말까지(실제로는 분노에 가까운 화) 뱉었다.

본업과 글쓰기, 엄마로서의 역할을 감당하려다보니 잠을 줄여야 했다. 쉽게 피곤해졌고 목구멍까지 힘듦이 차오르는 걸 자주 느꼈다. 그나마 글이 잘 써지면 괜찮지만 그마저도 신통치 않을 땐 스트레스로 소화가 되지 않아 얼굴이 누렇게 뜨고 온종일 두통에 시달렸다. 너무 힘들 땐 글을 쓰지 않는 삶을 상상해보기도 했지만, 엄마의 강추대로 글쓰기를 관둔다고 해도 엄마 말처럼 내 삶에 큰 변화가 있을 것 같지는 않았다. 대신 커다란 즐거움 하나를 통째로 잃어버릴 거고 나는 무척이나 슬플 테지.

말이야, 그런데 말이야. 이 책을 끝까지 써내며 힘들었던 것도 사실이지만 재밌었던 것도 사실이어서, 다시 처음으로 돌아가 선택이란 걸 할 수 있다면 나는 다시 도전할 것 같다. '힘들어, 지쳤어'라는 말들을 하나씩 곱씹어 뱉고 나면 맨 마지막엔 '하고 싶어'라는 말만 남으니까.

힘들고 그런 상황이 싫다가 지쳐버리더라도 나를 믿고 내가 좋아하는 걸 좋아서 하다보면 다시 하고 싶은 마음만 남아서, 다시 나는 글을 쓸 것 같다. 결국 끝이 나면 늘 '그래도 참 좋았어'라는 마음만 남으니까. 이것만 기억할 수 있다면 다음에 그 힘듦이 찾아오더라도 괜찮을 것 같다.

이 책이 정말로 세상에 나오기까지, 나와 함께 스트레스에 시달리면서도 끝까지 조언을 아끼지 않은 서랍의 날씨 윤수진 편집장님, 남들한테 물어뜯겨 아파할까 봐 미리 물어뜯어준 나의 소중한 글친구 마로, 잊지 않고 인스타 메시지로 안부와 응원을 보내준 나의 다정한 독자들께 두 손 모아 넙죽 엎어져 절을 올립니다. 물론 이 책의 마지막인 에필로그까지 읽고 있는 지금 당신에게도! 제가 드릴 수 있는 건 글밖에 없으니 딱 한마디만(정말로 이번엔 진짜로) 더 하고 노트북을 덮을게요.

"농담처럼 즐겁게 달려요.

결국 당신은 정말 잘될 거니까요.

진짜로!(더불어 나도요.)"

취향은 없지만 욕구는 가득

초판 1쇄 인쇄 2022년 2월 7일
초판 1쇄 발행 2022년 2월 14일

지은이 이솜

펴낸이 박세현
펴낸곳 서랍의 날씨

기획 편집 윤수진 김상희
디자인 이새봄
마케팅 전창열

주소 (우)14557 경기도 부천시 조마루로 385번길 92 부천테크노밸리유1센터 1110호
전화 070-8821-4312 | **팩스** 02-6008-4318
이메일 fandombooks@naver.com
블로그 http://blog.naver.com/fandombooks

출판등록 2009년 7월 9일(제386-251002009000081호)

ISBN 979-11-6169-191-6 (03810)

서랍의날씨는 팬덤북스의 가정/육아, 에세이 브랜드입니다.